T O D O
SOBRE TU
PERRO

TODO SOBRE TU PERRO

Joan Palmer

LIBSA

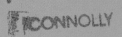

A QUANTUM BOOK

Título original: *Dog Facts*

© 1997 Editorial LIBSA
Narciso Serra, 25
28007 Madrid
Tel. (91) 433 54 07
Fax (91) 433 02 04

© Quarto Publishing

MCMXCI

Traducción: Luisa Puig

ISBN: 84-7630-655-5

Derechos exclusivos de edición para todos
los países de habla española.

LIBSA es una marca registrada
de Librerías Sánchez, S.A.

CONTENIDO

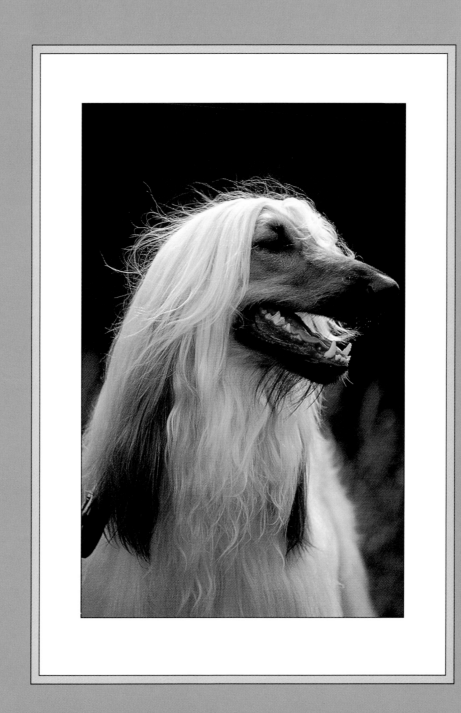

LA NATURALEZA DEL PERRO

¿CUÁNDO SURGIERON LOS PRIMEROS PERROS?

EL PERRO, al igual que los lobos, zorros y chacales pertenece a la familia Canidae. Esta es una de las siete familias de los carnivoros, o comedores de carne, en la categoría de los mamíferos.

La evolución del perro, *Canis familiaris*, nos lleva a un pequeño trepador de árboles, un carnívoro parecido a una comadreja, el *Miacis*, que vivió en los bosques hace 50 millones de años. Un descendiente del *Miacis* fue el *Tomarctus*, una pequeña criatura parecida a una zorra que apareció unos 35 millones de años más tarde y a la que se conoce como el precedente al perro, lobo, zorro y chacal. Pero el *Tomarctus* desapareció hacia la mitad del Pleistoceno, hace alrededor de un millón de años, y para entonces, lobos y chacales estaban bien establecidos.

«LOBO CON PIEL DE CORDERO»

El dicho de que «Un perro es un lobo con piel de cordero»no está muy equivocado. El antepasado más probable del perro doméstico es el lobo gris, con el que comparte varias características. El chacal es otra posibilidad. De cualquier manera no parece posible que haya evolucionado del zorro.

Es interesante el hecho de que el apareamiento entre el lobo y el perro haya podido ser fértil —como algunos entre perro y chacal— y que el perro que escapa a la naturaleza volverá a un comportamiento parecido al del lobo, como sus antepasados. La mayoría de las pautas de comportamiento del perro doméstico hoy, especialmente en la compañía de otros de su especie, se puede explicar si nos remontamos a la manada de lobos.

A la familia de los perros se la divide a menudo en dos grupos distintos, los perros y los lobos; y los zorros y chacales. Ambos tienen mucho en común. Son comedores de carne con 42 dientes. Tienen cuatro o cinco dedos en sus

Abajo El género canis incluye al lobo, chacal y zorro, todos presentes en Europa, Asia y África en el Pleoceno, hace 10 millones de años. Aparecieron en América del Norte hace tan sólo 1 millón de años. Su precursor, el *Tormarctus*, parece por su cráneo similar al perro moderno. Era capaz de correr, se parecía al tejón y tenía el pelo rojo y una cola ancha. El lobo (canis lupus) que apareció hace 500.000 años era mucho más pequeño que el lobo de hoy en día, pudo ser perfectamente el antepasado del perro.

Miacis

Tomarctus

Izquierda El dios egipcio Anubis, dios de los muertos simbolizaba al perro y al chacal. El hijo mitológico de Osiris, dios del mundo subterráneo, tiene un parecido asombroso con el Faraón Hound. Se le puede ver en el museo del Louvre, en París. La raza faraón hound ha cambiado muy poco en 5.000 años.

Derecha El chacal (canis aureus), una especie gregaria, se la conoce por su agudo lamento, más pequeño que el lobo, mayor que el zorro y surgió en Asia tropical. Hay quien reconoce haber apareado perros con chacales.

patas delanteras, y cuatro en las traseras. Corren con sus dedos, y sus uñas, que a diferencia de las de los gatos no son retráctiles. Las hembras tienen un período de gestación de 63 días. Tienen unas camadas bastante grandes y los ojos de sus crías están cerrados al nacer. También es importante que los miembros de estos grupos viven en manadas y respetan a un jefe de la manada. Este hecho explicaría por qué el perro doméstico está tan dispuesto a aceptar las órdenes de un dueño humano. ¡El propietario ha sustituido al jefe de la manada!

EL PERRO EN LA ANTIGUEDAD a.C.

Los restos identificables más antiguos de un perro de pura raza son los de un Saluki, una raza que tomó su nombre de un pueblo llamado Saluk en Yemen. Excavaciones recientes de la civilización Sumeria en Mesopotamia, fechadas en el 7.000 a.C., revelaron esculturas en piedra de perros muy parecidos al Saluki; se cree que su antepasado fue un lobo del desierto de pequeño cráneo. El perro que en la historia aparece como el primero en ser domesticado es el Faraón Hound:dos de ellos cazando una gacela aparecen en un disco circular fechado alrededor del 4.000 a.C. Se sabe que el elegante y gracioso Faraón Hound estaba integrado en la vida diaria de los reyes en el antiguo Egipto.

De todas formas, mientras perros como el Saluki y el Faraón Hound reclaman el ser las primeras razas puras en la tierra, es interesante (teniendo en cuenta que los lobos, chacales, y perros pueden aparearse bajo ciertas condiciones) detectar a esos perros que aún se parecen a sus antepasados y que han evolucionado de acuerdo, no sólo con las condiciones climáticas sino también con los requisitos de sus nuevos amigos humanos.

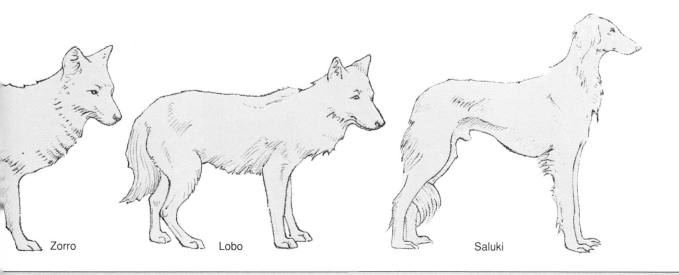

Zorro

Lobo

Saluki

¿QUIÉN DOMESTICÓ AL PERRO?

PROBABLEMENTE el hombre prehistórico, dándose cuenta de que no tenía nada que temer de los perros que se acercaban a su cueva o a su campamento, buscando comida y calor, le tiró unas sobras. Los perros, dándose cuenta, a su vez, de que los humanos no eran depredadores, se acercaron más hasta que se desarrollaron los lazos de compañerismo y afección mutua.

Con el paso del tiempo, los humanos habrían reconocido el valor del perro como guardián, como bestia de carga, perro de trineo y cazador, y más tarde habrían intentado por primera vez, rudamente, un apareamiento selectivo con el deseo de perpetuar los rasgos de conformismo, disposición y habilidad que tanto admiraban.

Los perros, como hemos visto, son descendientes del lobo y aún es posible hoy en día ver el resultado de alguno de estos primeros intentos de apareamiento selectivo. Los perros esquimales no dejan de ser parecidos a las razas de lobos del norte. Se les cruzaba con lobos para mantener su tamaño y resistencia. El Samoyedo es un descendiente del

HUESOS DE PERRITO

En 1979, arqueólogos israelíes excavando en Oriente Medio encontraron los restos de un hombre y un cachorro juntos. La mano del hombre descansaba en el cachorro. ¡Estaban entre los restos de hace 10.000 años de un asentamiento Natufian!

Arriba *El Samoyedo toma su nombre de la tribu siberiana de Samoyedos. Descendiente del perro salvaje siberiano no por eso deja de «mostrar afecto por la humanidad». El explorador Nansen se llevó algunos Samoyedos en su expedición al Polo Norte. En su tierra guarda y protege a los renos.*

Izquierda *A pesar de haber sido cuidado por una familia humana, al llegar a los 2 o 3 años, el instinto del Dingo de vivir con los de su propia especie se vuelve más fuerte que el deseo de quedarse con los humanos. Algunos creen que descienden de los perros Phu Quoc del este asiático llevados a Australia por los marineros.*

perro salvaje siberiano. Los perros propiedad de los indios norteamericanos tienden a ser animales pequeños —probablemente descendientes del coyote o del lobo de las praderas—. De todos los perros europeos, el Pastor Alemán es sin duda el más parecido al lobo. Fue conocido como el perro lobo alsaciano. Parecidos a estos se encuentran fácilmente por todo el mundo. Los perros Parias de la India se parecen al lobo indio. Perros de África, Asia y algunas zonas del sudeste de Europa se parecen a los chacales de esas regiones, y el Dingo australiano también se parece al chacal.

EL MEJOR AMIGO DEL PRIMER HOMBRE

Es evidente que en los primeros tiempos de la domesticación, y a pesar de la amistad que se había desarrollado entre los humanos y los perros, se hizo poco o ningún esfuerzo para producir otra cosa que no fueran razas «útiles». La historia escrita de perros domesticados data de mil años, empezando por un trabajo de Jenofonte (430-350 AC), sobre cazar y perros de caza. Está claro que no fue hasta 1685, en Nuremberg, donde se publicó la primera enciclopedia de perros: La *Cynographia Curiosa oder Hundebeschreibung*, por Christian Franz Paullini.

Se puede vislumbrar, de todas maneras, el cambio en el papel del perro para cumplir los requisitos sociales, moda y gustos, en una carta fechada en 1560 por el escolar de Cambridge, John Caius, al naturalista suizo, Gesner, en la que remarcaba las razas de perro en Inglaterra en aquellos tiempos:

«Y también tenemos una raza de perros pequeños que son criados especialmente para ser los juguetes de ricas y elegantes damas. Cuanto más pequeños son, más adecuados son para su propósito, que es ser llevados en

RAZAS ANTIGUAS

• *El perro británico más antiguo de pura raza está reconocido que es el Corgi de Gales Cardigan, ya que viene de los perros que llevaron a Gales los celtas desde el Mar Negro, alrededor de 1200 a.C.*
• *El pura raza más antiguo de América es el Foxhound americano. Esto data de 1650 cuando el inglés Robert Brooke, se fue a vivir a Meriland con su manada de Foxhounds. Los cruzó con otros linajes importados de Inglaterra, Irlanda y Francia, y así fue como evolucionó el Foxhound americano.*

el pecho o en el regazo, en la corte, cuando sus dueñas salen rápidamente.»

Los perros cazadores y guardianes aún predominaban, pero habían surgido los perros falderos.

CENSO DE PERROS

Se estima una población de perros domesticados en el mundo de 150 millones. América es la que tiene una población mayor, aproximadamente 40 millones. Gran Bretaña tiene cinco millones y medio. Pero estas cifras no son sólo de perros de pura raza; hay que contar con dos millones y medio de perros cruzados o callejeros.

UN PACTO

El perro es una criatura que los humanos nunca han tenido que dominar para que se subordinara, o con quien se han visto obligados a luchar, ya que no hay grabados o reminiscencias antiguas que nos muestren este tipo de situaciones. Parece ser que el perro llegó a cierto tipo de alianza con los humanos por propia decisión, y se formó un compañerismo basado en la mutua amistad y confianza.

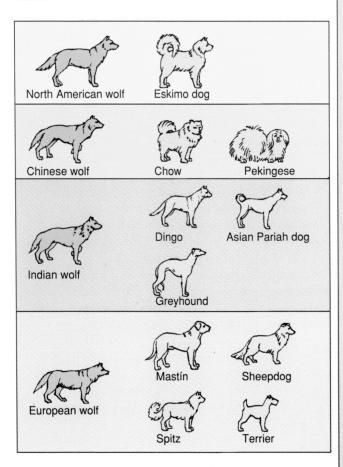

North American wolf — Eskimo dog

Chinese wolf — Chow — Pekingese

Indian wolf — Dingo — Asian Pariah dog — Greyhound

European wolf — Mastín — Sheepdog — Spitz — Terrier

¿Fueron los Perros Siempre Populares?

SIEMPRE HA HABIDO amantes de los perros y quienes los han odiado. Está claro, la reciente rebelión en el Reino Unido contra la propuesta de registro de los perros no es nada nuevo. En 1796 hubo una moción para introducir los primeros impuestos en los perros en Inglaterra, cinco chelines para los perros «al aire libre», tres chelines para los perros «en casa». Fue una propuesta de un tal George T. Clark, al que se recompensó por su trabajo mandándole docenas de perros muertos en canastas, empaquetados como caza. Hubo una masacre de perros por sus dueños que no estaban de acuerdo con el pago que debían.

Haciendo balance, el perro ha sido más venerado que injuriado a través de los tiempos. Los antiguos egipcios son conocidos por haber enterrado a sus perros fieles a su lado, una práctica seguida también en la antigua América por los Toltecas, y más tarde por los Aztecas, cuyos perros eran sacrificados en los funerales bajo la creencia de que guiarían a sus amos a un mundo mejor.

PERROS SAGRADOS

Sabemos que el perro ha jugado un papel importante en las religiones del este y que, a pesar de ser considerado por los musulmanes como un paria de Ala, y un poluto,

el veloz Saluki sigue siendo premiado junto con los caballos árabes.

Los hindúes creen que una persona que trata mal a un perro será castigada volviendo a la tierra en forma canina. A menudo es el miedo a lo desconocido lo que ha hecho que los humanos se comporten mal con los animales. Aquí está la fuente del Totemismo —la identificación de ellos mismos por una familia humana con una familia animal— y de la Metempsicosis —la creencia en la transmigración de las almas, y su vuelta en un cuerpo de animal—.

La importancia de los perros pastores y guardianes

PERROS DE PRESTIGIO

• *Riqueza y esnobismo siempre han jugado su parte en la propiedad de los perros y, en los tiempos del rey Ricardo I de Inglaterra, cualquiera que tuviera un galgo, a no ser que valiera diez libras al año en tierras o herencias, o 300 libras en feudo franco, podía ser llamado al Tribunal de Bosques, quien se reunía todos los años para determinar si el galgo había estado corriendo por el bosque.*
• *En la Edad Media se cree que no había menos de 69 Bosques Reales, 800 parques y 13 terrenos de caza en Inglaterra y frecuentemente se hacía el comentario de que, si se quería ver a un rey de Inglaterra no había que ir más lejos que al terreno de caza.*
• *La gente del pueblo sólo podían tener perros guardianes y perros pequeños incapaces de cazar caza mayor y por lo tanto de estropear su deporte preferido. Los perros grandes serían sistemática y cruelmente lisiados.*
• *Hoy en día aún existe en el pueblo de Lyndhurst en el condado de Hampshire una medida, o estribo, por la que un perro tenía que pasar para probar que era lo suficientemente pequeño como para correr libremente en el bosque.*

Izquierda Mientras en el este los musulmanes despreciaban al perro, ya que se le acusaba de haber devorado el cuerpo del profeta, Mohamed, el miedo al animal prevalecía en Europa, donde la palabra perro, o «canalla»se volvió un insulto.

Arriba El Saluki es un perro veloz capaz de correr al lado de los rápidos caballos árabes. En Oriente Medio aún se usa para cazar gacelas. En otros sitios se tiene simplemente como un animal de compañía esbelto y elegante.

EL PERRO Y LAS ESTRELLAS

Incluso en astrología, los perros son una fuerza que hay que reconocer y hay algo más que una pequeña verdad en el dicho de que «cada perro tiene su día». Hay cuarenta «días de perros»entre el 3 de julio y el 11 de agosto, cuando Sirio, la estrella perro, se levanta y se pone con el sol. La superstición de que Sirio influye mucho en la raza canina la encontramos en la literatura griega, remontándonos tan lejos como a Hesiodo en el siglo ocho a.C.

fue remarcada en las enseñanzas del profeta persa Zoroastro (Zaratustra), hace casi tres mil años. La doctrina de Zoroastro, que se extendió ampliamente en el este, tenía muchas referencias a los perros y su importancia. El decreto: «si estos dos perros míos, el perro pastor y el perro guardián, pasan alguna vez al lado de la casa de cualquiera de mis fieles, no les mantengamos alejados de ella, ya que ninguna casa podría existir sino fuera por estos dos perros míos: el perro pastor y el guardián.»

Los perros eran incluso adorados por los seguidores de Mitra, quien era ayudado y acompañado por su perro, y cuyo culto floreció durante casi cinco siglos en los tiempos romanos, desde la India a España y desde Egipto al sur de Escocia.

Hoy en día existe una secta de adoradores de perros llamada hermandad de los Essenes. Los Essenes mantienen que hay planos de animales en el reino celestial desde los que se puede acceder a los planos del conocimiento. Creen que los animales tienen el poder de hablar en el reino, al cual ellos renuncian voluntariamente en su camino a través de las puertas del zodiaco, para entrar en la esfera de la tierra. Según sus creencias, los perros son seres sin pecado, enviados a la tierra para poner a prueba a los humanos.

¿HA DESAPARECIDO ALGUNA RAZA?

HAN DESAPARECIDO MUCHOS PERROS —algunos (como el desafortunado «Turnspit»)— se han extinguido totalmente, otros han sido sacrificados en el desarrollo de otra variedad.

El «Turnspit»es según las palabras del historiador canino, Carson Ritchie, «el representante mejor conocido de los perros-trabajadores que en un tiempo habían trabajado en distintas cosas, como sacar agua de un pozo trabajando en la rueda».

Antes de la introducción de los perros «turnspit», en el siglo XVIII en Inglaterra, era una persona la que le daba la vuelta a la carne en el asador, normalmente un niño pequeño, protegido del fuego por un escudo redondo de paja tejida, empapado de agua. De cualquier manera, se construían ruedas especiales cerca de los fuegos de las grandes cocinas en las casas importantes y los perros eran entrenados para mantenerlas girando. Se tarda unas tres horas para asar bien una pieza grande de vaca. El perro tenía que dar la vuelta a la rueda cientos de veces y estaba sujeto a los castigos del cocinero si se paraba en su poco envidiable tarea. Era un trabajo tan agotador que a veces tenían dos perros «Turnspit»,

EL «POM» DE LA REINA

La reina Victoria, gran amante de la mayoría de las razas de perros, fue la campeona de los perros «toy»juguete, especialmente, y antes de la llegada a Inglaterra del Pequinés, del Perro de Pomerania, que era inicialmente un perro mucho más grande pesando hasta 13,5 Kg (30 lb). El Perro de Pomerania fue de todas formas criado para hacerlo más pequeño, y para 1896 las clases de esta raza en los concursos había sido dividida en más o menos 3,5 Kg (8 lb) de peso. Para 1915 las exhibiciones por encima de este peso desaparecieron.

Derecha El Bulldog es la raza más asociada generalmente con el acoso a los toros. Cogía al toro por la nariz y la mantenía hasta que el toro caía. Este desagradable deporte fue promocionado por un inglés, el Conde Warren de Stamford. Después de ver a dos perros luchando contra toros en 1209 quiso llevar el espectáculo a una audiencia mayor. Se ilegalizó en 1838.

Abajo «Cave Canem»: Cuidado con el perro. En la antigua Roma eran muy apreciados los perros muy fieros pero raramente por su fidelidad. Había perros guardianes, mensajeros y luchadores. Algunas veces se les hacía pasar hambre antes de la lucha con sus contrincantes.

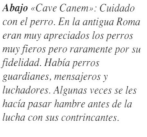

para que uno pudiera trabajar cuando el otro tenía el día libre.

¿Cómo era el «Turnspit»? Se ha descrito como :

«Extremadamente estevado, parecía casi incapaz de correr, con largos cuerpos y cabezas bastante grandes. Con mandíbulas muy fuertes, son lo que se llama de «carácter duro». Una peculiaridad de estos perros es que generalmente tienen el iris de un ojo negro, y el otro blanco. Varían de color pero el más común es un gris - azulado, con manchas negras. La cola está generalmente enrollada encima de la espalda.»

De cualquier manera, este pequeño animal tristemente usado sobrevivió hasta alrededor de 1870; para entonces se había vuelto tan raro que los propietarios de semejantes tesoros podían alquilarlos por jornada.

También había, hasta el siglo XIX, el «cur»o perro mestizo, un cruce entre Perro Pastor y Terrier, y el «perro del pastor», un cruce entre Perro Pastor y Mastín, cuya tarea era conducir las ovejas del granjero al mercado.

El «cur»era un perro guardián con quizás menos categoría social que el callejero actual, y su nombre ha pasado a ser un término despectivo.

PERROS RAROS Y POCO COMUNES

MIENTRAS ESCRIBO, el perro más raro del mundo se cree que es el perro para osos Tahltan, el cual, como dice su nombre, era usado por los indios Tahltan del oeste de Canadá para cazar osos, también para el lince y el puerco espín. Se cree que los indios cargaban a estos perros —cuyo peso es alrededor de 13 Kg (30 lb)— en bolsas de cuero a sus espaldas, para guardar su fuerza para cuando encontraran una pieza, en cuyo momento era puesto en libertad inmediatamente. El trabajo del perro para osos era mantener a la víctima sin dejarla escapar, girando a su alrededor hasta que sus dueños entraran a matar. Podrían contarse con los dedos de una mano los

que quedan con vida actualmente de esta raza, que está tristemente en peligro de extinción. Estaban también amenazadas el Shar-Pei chino y el perro chino crestado no hace mucho, y ahora son los dos bastante comunes, especialmente en el círculo de exposiciones en Gran Bretaña.

EL PODENCO

Esta claro que podemos decir que lo que es raro hoy puede no serlo mañana, por lo que uno debe esperar que el futuro sea mejor para otra raza en peligro de extinción, el Warren

Derecha *El Warren Hound Portugués (pequeño) es normalmente color cervato, pero puede ser amarillo, marrón, grisnegro o color ceniza, con o sin manchas blancas. Actualmente no está reconocido por los Kennel Clubs de América y Gran Bretaña o por la Federación Internacional Canina (FCI).*

EN HIELO

El Broholmer es una raza sólo reconocida en su Dinamarca nativa. Se creyó que estaba extinguido en los años sesenta, pero en diciembre de 1974, un perro de esta raza apareció en la casa de un farmacéutico en Helsinki, Finlandia. El Colegio Real de Veterinarios en Copenhague creó un banco de esperma congelado para el perro, que fue llamado Bjoern, con la esperanza de encontrar una perra eventualmente. Pero, este no fue el caso, y Bjoern murió en enero de 1975.

UN DÍA EN LAS ROCAS

El Lundehund es una raza que durante siglos ha vivido solamente en dos islas al norte de Noruega. A diferencia de otros perros con cuatro dedos, y posiblemente un quinto atrofiado, el Lundehund tiene cinco dedos y un sexto atrofiado. También a diferencia de otros perros pequeños con cinco cojinetes en los dedos, el Lundehund tiene siete u ocho. Por su pequeño tamaño y sus extrañas patas, el perro puede escalar rocas y acantilados para coger con mucho cuidado un frailecillo de su nido y llevárselo a su dueño sin causarle ningún daño.

FAVORITOS EN LA CORTE

Está registrado por el famoso Samuel Pepys que el rey Charles II pasaba más tiempo jugando con sus perros en la Sala del Consejo que tratando asuntos de estado. Sin embargo, al que se considera el amante de los perros más fanático de todos los tiempos es a Enrique III de Francia (1551-1589). Según el Guinness Book of Pet Records, coleccionaba perros como otra gente colecciona sellos. Cuando veía uno que le gustaba, y no estaba a la venta, no veía mal el que alguien fuera a robarlo para él. Parece ser que tenía al menos 2.000 perros repartidos en sus palacios y, cuando estaba residiendo en uno, no había nunca menos de 100 perros, la mayoría de ellos razas para jugar, a una distancia corta para poderlos acariciar. Pero se conoce bien el amor de la realeza por los perros. El fiel Foxterrier de Eduardo VII, «César», siguió el funeral de su último dueño, y «Slipper», un Cairn Terrier regalado por Eduardo VIII a la entonces Sra. Wallis Simpson, aparecía muchas veces en su muy publicada correspondencia. La reina actual, Elisabet II, es raramente fotografiada en casa o sus alrededores sin tener varios Corgis a su lado.

Izquierda El Perro de Aguas Portugués es un animal muy muscular. Sus dedos están unidos a sus puntas por una suave membrana cubierta de pelo. Puede ser negro, blanco o de distintos tonos de marrón ; o combinaciones de negro o marrón con blanco.

perro de pescador, guardando sus redes. Es increíble en cuanto que cogerá un pez que se esté escapando con sus mandíbulas y volverá nadando a su dueño. Los hay pequeños, una variedad con el pelo rizado y la otra con pelo largo; es este último el que llama la atención cuando es presentado con un corte a lo león parecido al del elegante caniche común.

EL LOWCHEN

El Lowchen, una raza nativa de Francia, registrada en su país bajo el nombre «petit chien lion», perro león pequeño, prácticamente desapareció hace poco más de 20 años, pero ahorta es un popular contrincante en las exposiciones —aunque se le ve poco, hay que admirarlo, cuando se le lleva de paseo al parque—. Se cree que fue un favorito de la Duquesa de Alba, y que el perro que está con ella en su retrato pintado por Francisco Goya (1746 - 1828) es un Lowchen. No hay ninguna duda sobre la raza en el delicioso retrato A Lowchen Seated by a Quill pintado por Florent-Richard De Lamarre entre 1630-1718, revelando entonces y ahora el corte de león distintivo que lleva este delicioso miembro de la familia Bichon.

Hound portugués, o podenco, poco conocido fuera de su país de origen, donde es un cazador de conejos, liebres y ciervos. Hay tres tamaños: el grande, con una altura de 56 - 68 cm. (22-27 in), y cuyo número está disminuyendo; el pequeño, que parece un Chihuahua grande y de suave pelo; y uno mediano. El grande no es muy distinto del podenco ibicenco.

EL PERRO DE AGUAS PORTUGUÉS

Hay otro perro portugués que aunque es poco frecuente, no es tan raro, y es el Perro de Aguas Portugués, un animal fascinante, que en tiempos se podía ver en puertos portugueses y españoles trabajando como un

¿QUÉ ES UN PURA RAZA?

UN PERRO DE PURA RAZA es uno cuyo padre y madre son de la misma raza, siendo ellos descendientes a su vez de perros de la misma raza. Ya se ha explicado cómo el hombre antiguo intentó aparear a sus compañeros caninos para perpetuar los rasgos que admiraba y deseaba. Habrían experimentado con cosas como la altura, peso y tipo de pelo, con los colores de las manchas, con la forma de la cabeza del perro y su cráneo y la posición de la cola hasta que, después de varias generaciones, el tipo de perro deseado se haría realidad.

Sin duda, y en consecuencia, los aficionados a los perros habrían discutido sobre los atributos de sus animales, como la gente hace hoy en día. De cualquier manera, aunque tengamos el legado de muchas pinturas que retratan razas de perros que no parecen haber cambiado mucho de los que conocemos actualmente, es casi imposible hacer un gráfico de su progreso. Y esto es así porque no fue hasta 1873 cuando el Kennel Club (club de criadores) en Londres —el primero de este tipo en el mundo— se creó. Esta asociación de criadores introdujo un sistema de registro, por el que se puede determinar la crianza de cada pura raza canino —en lo que era como un certificado de nacimiento— y también hacía referencia a unas características aprobadas para cada variedad de perro reconocido.

Por supuesto, el deseo de continuar introduciendo y mejorando razas ha continuado y hay muy pocas variedades que no deban su existencia actualmente a otra raza. El Doberman, por ejemplo, debe mucho al Rottweiler y al Terrier de Manchester, y el pequeño Chihuahua de pelo largo al Papillon, llamado así por la forma de sus orejas.

Derecha El galgo es un pura raza que prácticamente no ha cambiado su aspecto del que aparece grabado en una tumba egipcia en el valle del Nilo del 4.000 a.C. Ha sido usado para cazar desde la época romana. Hoy en día se crían distintos linajes para exposiciones, caza y carreras.

EL MÁS ALTO Y EL MÁS PEQUEÑO

- *Las razas de perro más altas son el Gran Danés, el Perro-lobo Irlandés, el San Bernardo, el Mastín inglés, el Borzoi y el Karabash de Anatolia (perro pastor turco). Todas estas razas pueden llegar a los 90 cm. (36 in) desde la espalda.*
- *La raza de perro más pequeña es el Chihuahua; se le reconoce un peso de entre 0,9 - 2,75 Kg. (dos y seis libras). El museo de historia natural de Ciudad de México tiene el esqueleto de un Chihuahua desarrollado completamente midiendo sólo 18 cm. (siete in) en total. No hay peso anotado para este perro, que fue presentado en 1910, pero se estima que, si nos atenemos a sus huesos, no podría haber pesado más de una libra.*
- *El segundo perro más pequeño es el Terrier de Yorkshire que «oficialmente» no debería pesar más de 3,20 Kg. (siete libras), pero hoy en día muchos «yorkies» tienden a ser más pesados.*

Derecha. El galgo es un pura raza que prácticamente no ha cambiado su aspecto del que aparece grabado en una tumba egipcia en el valle del Nilo del 4.000 a. C. Ha sido usado para cazar desde la época romana. Hoy en día se crían distintos linajes para exposiciones, caza y carreras.

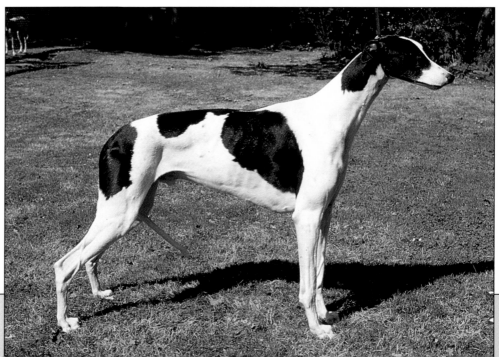

¿QUÉ SON LOS MESTIZOS?

UN MESTIZO es la cría de una perra de pura raza que se ha apareado con un perro de pura raza de otra raza —por ejemplo, el resultado de un apareamiento entre un Caniche y un Spaniel—.

Hay quien está muy a favor de mezclar las razas creyendo que así obtendrán lo mejor de ambas razas. De hecho, surge un problema cuando un propietario, habiendo perdido un mestizo de un cierto tipo, quiere reemplazarlo con otro, ya que los mestizos raramente se crían intencionadamente.

Un callejero es un perro cuyos progenitores proceden a su vez de la mezcla de varias razas.

DICHO TRADICIONAL

Hay un dicho tradicional que dice que los perros callejeros son más fuertes que los de pura raza. De hecho, el perro callejero es raro que sea más fuerte, o débil, que sus contemporáneos de pura raza.

No hay ninguna duda de que los perros callejeros son excelentes animales de compañía pero siempre hay un elemento de incertidumbre sobre cómo van a salir en cuanto a su aspecto y temperamento.

Arriba Los perros callejeros salen de cualquier forma y tamaño. Este ejemplo podría tener perfectamente un toque de Boxer en su aspecto. A veces salen Boxers blancos, pero no son aceptados en el círculo de exposiciones. Pero son, de todas maneras, excelentes animales de compañía.

Derecha Los perros callejeros tienen un gran atractivo. Mientras con un pura raza se puede estar bastante seguro de como saldrá, con un perro callejero hay que confiar en la suerte.

Izquierda El resultado del apareamiento de dos perros de pura raza pero de diferentes razas puede ser un éxito o resultar en cierta manera asombroso, dependiendo de las variedades que se usen.

Pura raza del mismo tipo = pura raza

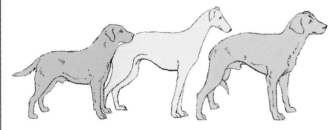

puras razas de diferente tipo = raza «X»

raza «X»+ raza «X»= perro callejero

PRIMEROS LOS PIES

La mejor manera de determinar como va a ser de grande un cachorro de perro callejero es mirando el tamaño de sus pies. Un cachorro con unos pies realmente grandes está destinado a ser un perro tamaño mamut.

¿QUÉ ES UN CERTIFICADO DE PEDIGRÍ?

ES UN ERROR bastante común referirse a un perro con pedigrí. El término correcto es un perro pura raza. Un certificado de pedigrí es el documento que debería darse al comprador de un cachorro de pura raza en el momento de la compra. Al comprador también se le debería dar un formulario de cambio permitiéndole a él o ella, por poco dinero, registrar el cachorro a su nombre, en lugar de al nombre del vendedor, con su respectivo club de criadores nacional.

El Certificado de Pedigrí, que junto al formulario de cambio, debería ser firmado por el criador, debe mostrar el nombre registrado y el número del cachorro —por supuesto usted puede llamar a su cachorro con el nombre que le apetezca— su fecha de nacimiento y los nombres y números registrados de sus padres y antepasados, tres o preferiblemente cinco generaciones.

El certificado de pedigrí es un documento con valor que llama a un cuidadoso examen. A no ser que los padres del cachorro estén registrados, y aparezca la firma de los criadores, el nuevo propietario no podrá registrar el cambio de propietario y, quizás, más importante, no podrá llevar al perro a clases para exposiciones de puras razas, o registrar y vender los próximos cachorros como puras razas.

Probablemente, notará en un certificado de pedigrí que la mayoría de los nombres de los perros llevan un prefijo; por ejemplo, Merry Max de Penfold, o Penfold Merry Max. Esto es porque los criadores, por poco dinero, pueden registrar un prefijo con el nombre de su club o asociación, lo que permite que el producto de su club sea fácilmente reconocible. Cuando un perro ha sido criado por el que lleva el prefijo, la palabra aparecerá delante del nombre del perro (llamado un afijo). Si el perro ha sido comprado, el prefijo seguirá al nombre del perro, por ejemplo «de», y esto se llama un sufijo.

COMO DETECTAR UN LINAJE DE GANADORES

Si va a exposiciones de perros y mira en el catálogo todos los perros de una raza específica, puede encontrar interesante detectar, a través de sus afijos, aquellas asociaciones que predominan y producen un número de ganadores considerable.

Abajo *Los puntos del perro. Es necesario conocer los puntos del perro para entender completamente el estándar de una raza fijado por* *la asociación de criadores; el estándar de cada raza será en definitiva el que cada raza debería que de cumplir.*

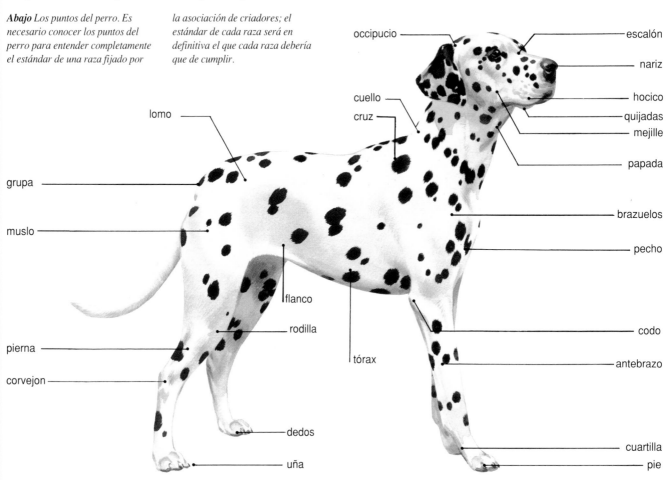

occipucio — escalón — nariz — cuello — cruz — hocico — quijadas — mejille — papada — lomo — grupa — muslo — brazuelos — pecho — flanco — rodilla — codo — pierna — tórax — antebrazo — corvejon — dedos — uña — cuartilla — pie

Normalmente, los Certificados de Pedigrí se rellenan a mano. Aquellos con entradas hechas con tinta roja son muy apreciados, ya que sólo los nombres de los campeones tienen este honor.

Los sistemas de campeonatos ingleses y americanos son diferentes. En Gran Bretaña, los campeones son perros que han ganado tres Certificados de aptitud en tres campeonatos distintos y por tres jueces distintos. En los Estados Unidos, se llega a ser campeón después de acumular puntos. Un perro que ha acumulado 15 puntos es designado campeón. El perro puede ganar de uno a cinco puntos en una exposición, y sólo un macho y una hembra pueden ganar puntos en una exposición.

Es importante repetir que, cuando compre un cachorro, debe examinar cuidadosamente el Certificado de Pedigrí y que, incluso si el cachorro que quiere comprar es un saludable y atractivo ejemplo de su raza, y no tiene intención de exhibirlo o criarlo, sí el certificado no está completo, el cachorro no debe costar a un precio tan alto como sus compañeros que están documentados correctamente.

Ejemplos de Certificados de Pedigrí y documentos de registro: Arriba Pedigrí americano; Abajo Certificado de Registro de la Asociación de Criadores Americana; Derecha Pedigrí del Reino Unido; Abajo derecha Certificado de Registro de la Asociación de Criadores del Reino Unido.

CAMPEÓN DE CAMPEONES

El mayor número de Certificados de actitud, o «CCs»como lo llaman algunos aficionados, ganados por un perro inglés, fueron los 78 ganados por el campeón U´Kwong King Solomon, un Chow-chow perteneciente y criado por Mrs. Joan Egerton de Bramhall, Cheshire en el norte de Inglaterra. Conocido como Solly, este magnífico Chow-chow murió en 1978 con 10 años. Es la ambición de toda una vida para algunos exhibidores de perros el ganar un solo Certificado de Aptitud.

¿SON LOS PERROS CON PEDIGRÍ PERROS DE EXPOSICIÓN?

LA ADQUISICIÓN DE UN CERTIFICADO de Pedigrí prueba que tiene un perro de pura raza. Le permite registrar su propiedad con la asociación de criadores nacional, para legitimar la entrada del perro en las clases para las exposiciones de puras razas y, si quiere criar, le permite vender los cachorros con un Certificado de Pedigrí similar. Pero —al contrario de lo que se cree mayoritariamente— un perro con pedigrí no siempre es un perro con perspectivas en las exhibiciones.

A UN PASO DE LA PERFECCIÓN

Por todo el mundo, las asociaciones de criadores tienen lo que se conoce como el estándar establecido para cada raza reconocida. Este estándar describe el ejemplo perfecto de cada variedad y son los perros que cumplen estos requisitos tan exactos, los que compiten entre ellos en las exposiciones. Hay, de todas maneras, incontables miembros de las distintas razas que no llegan a cumplir este estándar de perfección, aunque sólo sea en un detalle mínimo —pueden ser ligeramente demasiado grandes, o pequeños, la formación de su mandíbula superior o inferior puede no ser perfecta, o pueden tener una mancha en su pelo del color equivocado— en este caso, serán vendidos (la mayoría de los perros de pura raza lo son) como animales de compañía y no como perros de exhibición.

La mayoría de la gente solo quiere un compañero fiel y atractivo, de su raza favorita. De todas formas, pueden surgir

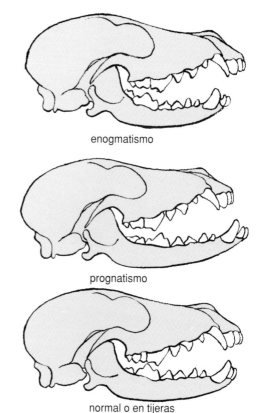

enogmatismo

prognatismo

normal o en tijeras

Arriba La boca de un perro tiene enogmatismo cuando los dientes de arriba se proyectan más allá de los de abajo. Y prognatismo cuando sale la mandíbula inferior.

Abajo La forma y posición correcta de la cola varía según la raza.

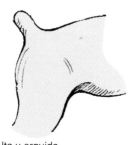

Alta y erguida (normalmente cortada)

alta y en anillo

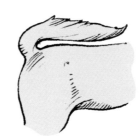

alta y plegada, siguiendo la espalda

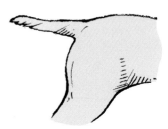

alta y horizontal, baja en reposo

larga, alta y en forma de hoz; baja en reposo

posición media en forma de sable

cola de nutria de longitud media redondeada sin ser horizontal

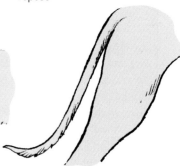

larga, implante bajo y curvada en la punta

orejas erguidas con implante medio-alto (algunas veces cortadas)

orejas colgantes, implante bajo

orejas en forma de rosa, implante posterior

orejas de murciélago, implante alto y ancho en la base

orejas plegadas, caídas hacía delante

orejas semi-erguidas

problemas, habiendo realizado una compra, y pensando que su perro es un perro de exposición, lo inscriben en una exposición y obtiene resultados desastrosos. «Pero mi perro tiene un Certificado de Pedigrí», dicen entonces. «Pagué un buen precio por él. Me han estafado si mi perro no es un perro de exposición». Pero la verdad es que los han tratado honestamente ya que han comprado un ejemplo saludable de la raza. Nunca pidieron al criador un perro de exposición.

Obtener uno con probabilidades en las exposiciones no es fácil, especialmente porque es difícil determinar el verdadero potencial de un perro hasta que tiene seis meses, o más. A menudo los criadores mantendrán un cachorro bueno, con vistas a exhibirlo y/o criar a partir de él, ellos mismos. ¡Un buen perro es publicidad para su perrera !

Aquellos que quieran participar en las exposiciones, deben primero convencer a un criador de que serán unos propietarios valiosos, y de su entusiasmo en entrar en este mundo, probablemente haciéndose socios de la importante asociación de criadores, yendo a muchas exposiciones como espectador y aprendiendo todo lo que puedan sobre como tener este tipo de perro. Una vez pasada esta prueba, y habiendo sido recompensados con la compra de su primer perro de exposición, descubrirán que el mundo de los perros de exposición es completamente una nueva forma de vida.

Izquierda El tamaño, posición y caída de las orejas también está especificado en el estándar de la raza.

Abajo Las manchas de los dálmatas deben ser claramente definidas. Las de las extremidades deberían ser más pequeñas que las del cuerpo.

LA EXPOSICIÓN SUPREMA

La exposición de perros Crufts es la más grande del mundo. Se ha celebrado todos los años en Londres desde 1886, con la excepción de los años 1918-1920 y 1940-1947, cuando fue cancelada. Cuando la exhibición se celebró por primera vez en el Royal Aquarium en Westminster, estuvo restringida a las razas de terrier, pero cuatro años más tarde, otras razas, incluyendo miniaturas, fueron añadidas. La exposición Golden Jubilee celebrada en el Royal Agricultural Hall, Islington, en 1936, atrajo un récord, 10.650 entradas y 4.388 perros. De todas formas, esto era antes de que se restringiera la entrada, como actualmente, a los ganadores de premios en los concursos de exposición. La asociación de criadores británica ha celebrado Crufts desde 1948, en el Olympia Hall en Londres y más tarde en el Earls Court Exhibition Centre. En enero de 1991 se trasladó la exposición al National Exhibition Centre en Birmingham para celebrar su centenario.

¿Son Inteligentes?

Izquierda *Estos curiosos cachorros de Jack Russell divirtiéndose con su lucha de la cuerda están ensayando para el trabajo más serio de cazar ratas y otros bichos.*

ESTA ES UNA CUESTIÓN que han discutido los científicos durante siglos. Sabemos que los perros son incapaces de un pensamiento lógico como lo conocemos nosotros. No pueden razonar como nosotros, pero en términos de un «lobo doméstico»son inteligentes, cuentan con la asociación, el olor, el instinto y la memoria. También desarrollan características de protección, lealtad y juego que son típicas de la manada de lobos y, yo añadiría, un penetrante sentido del humor.

Se sabe que los cachorros que durante las primeras semanas de su vida no son tocados por manos humanas, nunca podrán estar completamente domesticados. De la misma manera, el perro mantenido en una perrera, alimentado, cuidado y ejercitado, pero por otro lado al que se presta poca atención, normalmente no alcanzará el mismo potencial que sus contemporáneos mantenidos como animales de compañía, a los que se habla regularmente, se juega con ellos y se les introduce a experiencias e influencias externas.

EDUQUE A SU PERRO

La educación del perro tiene que ser interpretada por éste como una extensión del juego. Aprender, de todas formas, es cuestión de asociación. Algunos perros, como algunos humanos, son más inteligentes que otros, pero hay algunos, que con tiempo, y habiendo reconocido las palabras clave, no reaccionarán a frases como: «Tendríamos (Vamos) que ir a dar un PASEO, Ben». «Dios mío, ya es hora de ir a la CAMA, Ben». «¿Quieres la COMIDA?», «¡Aquí está MAMÁ (o papá)¡»y»Vamos a encontrarnos con JANE». La lista es inacabable y la reacción del perro podría hacernos pensar que entiende el significado de la palabra hablada. No puede, pero asocia la palabra clave, tanto si se usa en unión de su nombre como si no, con la acción que se realiza a continuación.

ACCIONES EN LUGAR DE PALABRAS

No es sólo la palabra hablada la que hace que se produzca la asociación en la mente canina. Las acciones pueden hablar tan alto como las palabras. El simple hecho de que el amo de un perro ande a la entrada, o a la cocina, con el abrigo puesto puede ser suficiente para el perro saltar de su cesta con anticipación al paseo, mientras que el ruido del motor de un coche fuera puede ser suficiente como para mandarlo corriendo a la puerta en anticipación a la llegada de su amo. Sin ninguna duda, cuanto más tiempo esté uno con su perro más aprenderá y cuanto más aprenda más apreciado será por nosotros.

La mayoría de los propietarios de animales de compañía sólo tienen un perro. No tienen la misma oportunidad, que aquellos que tienen varios, para estudiar el comportamiento del grupo social.

SUSTITUTOS DEL JEFE DE LA MANADA

Ya se ha explicado cómo los humanos se convirtieron en los sustitutos del jefe de la manada, al cual, nuestro lobo

Arriba En una situación doméstica el perro ve a su amo humano como un sustituto del jefe de la manada. Se siente seguro en su papel de subordinado y sólo quiere ganar la aprobación del jefe.

domesticado, sabe que tiene que respetar. Donde haya varios perros, el macho más grande, y más fuerte, será en general el jefe canino de la manada. Dirigirá sus tropas, se quedará a un lado, por ejemplo, hasta que se haya contado a todos los perros al salir de casa. Guardará los boles de la comida, a veces prohibiendo literalmente a otro perro que coma hasta que él lo permita —incluso, en algunas ocasiones, haciendo pasar un mal rato a un subordinado que no le gusta hasta que el animal caído en desgracia se arrastra hasta un rincón—. Depende mucho de la raza y carácter del perro.

A menudo hay un segundo al mando, incluso un tercero en el orden jerárquico que establecen; al mismo tiempo hay algunos perros que no aspiran a ser jefes. Raramente hay desacuerdos, excepto cuando se trata de tres factores muy importantes: sexo, comida y celos.

MONITORES DEL ESTADO DE ÁNIMO

• *Una de las razones por las que los perros reconfortan mucho a los humanos es su facilidad para saber nuestro estado de ánimo. El perro, al igual que su antepasado, el lobo, es sensible a la atmósfera. Por eso vendrá y se sentará tranquilamente a nuestro lado cuando estamos deprimidos o saltará a nuestro alrededor con entusiasmo cuando estamos felices.*

• *Los perros tienen un sentido del tiempo interior. ¿Cómo sino sabrían que tienen que llamar la atención cuando se acerca la hora de la comida?.*

• *También ha sido probado que los perros reconocen los lugares, incluso sino los han visitado durante meses, o incluso años. Por ejemplo, el perro que ha estado durmiendo tranquilamente en la parte trasera de un coche puede levantarse y mostrar bastante excitación a un kilómetro o algo así de un lugar familiar.*

¿PUEDEN REALIZAR TAREAS ÚTILES?

Es CASI imposible enumerar las muchas tareas útiles que los perros acometen, pero voy a intentar mencionar unas cuantas.

Hay perros de búsqueda y rescate, especialmente entrenados para encontrar a personas desaparecidas o cuerpos a través del olor. Hay perros muy especializados, que normalmente viven la vida familiar de un animal de compañía cuando no están trabajando. Los perros salen con sus amos, normalmente buenos andadores en la montaña, sin importar el tiempo que haga, y su valor está siendo cada vez más reconocido, en caso de avalanchas, accidentes aéreos y terremotos.

PERROS EN LAS FUERZAS ARMADAS

Hay perros en las fuerzas armadas, trabajando para aduanas e impuestos y para la policía en general. Se les usa como guardianes, en las patrullas, y como perros «olfateadores» entrenados en la detección de explosivos y narcóticos. Algunos perros, especialmente el Bloodhound, con su increíble olfato, se usan para perseguir criminales o encontrar niños perdidos.

PERROS QUE «VEN» Y «OYEN»

Quizás los perros trabajadores más conocidos sean los perros pastores y los perros guía para los ciegos. Pero también hay perros escuchadores para los sordos. Un perro «escuchador» es entrenado para responder a los sonidos elegidos por el individuo como, por ejemplo, una llamada a la puerta, el ruido del agua hirviendo, o el ring de un teléfono o de un despertador, hechos que no serían detectados por la persona sorda sino fuera con la ayuda de su perro que les llama la atención sobre ellos.

PARECE UN JUEGO

El trabajo siempre tiene que ser interpretado por un perro como un juego. Cuando se entrena un perro olfateador para la RAF su recompensa es dejarle jugar con lo que ha conseguido. Cuando un perro joven consigue un paquete de canabis se le permitirá jugar con el paquete, pero éste será el único juego permitido cuando esté trabajando.

Los instintos de un perro se canalizan para conseguir un olor en particular. El perro huele cada olor individual y los va separando en su cabeza hasta que encuentra el que él sabe que quiere su dueño, sin importarle que más hay con él. El perro construye una «imagen de olor». Cada imagen que se le da al perro incluye la droga o el explosivo que el perro ha sido entrenado para encontrar como un común denominador.

Arriba En 1916, un doctor a cargo de una clínica para los heridos de guerra en Alemania estaba acompañando a un ciego en los jardines cuando le llamaron; dejó a su perro pastor alemán a cargo del paciente y, a su vuelta, se quedó tan impresionado con la manera en que se había comportado el perro que juró empezar a entrenar perros como guías para los ciegos.

Izquierda en la esquina Los perros olfateadores están en servicio activo en muchos países.

Izquierda »Perros oyentes para los sordos»han tenido tanto éxito que se están entrenando perros para otras deficiencias.

Arriba Siempre se necesitan perros para unirse al Pro Dogs Active Therapy Team, pero primero tienen que pasar un examen riguroso de su carácter. Algunos de los mejores perros de exhibición están registrados, así como mestizos y callejeros.

DR. PERRO

Uno de los capítulos más espléndidos en la historia de los perros de trineo fue escrita en 1925. Fue en enero de ese año cuando se descubrió un caso de difteria en Nome, Alaska. La cantidad de antitoxina en esta ciudad era insuficiente para cubrir una epidemia. Relevos de 22 nativos y equipos de correos avanzaron a través del difícil terreno en el interior de Alaska y a través del helado mar de Bering para llevar el suero a los agradecidos ciudadanos. Hoy en Central Park, Nueva York hay una estatua de Balto quien encabezó uno de los equipos de relevo, conmemorando la Nome Serum Run. Hay una inscripción que dice: Dedicado al espíritu indomable de los perros de trineo, quienes llevaron la antitoxina 600 millas por el difícil hielo, las aguas traicioneras, las ventiscas árticas, desde Nemana para el alivio de la castigada Nome en el invierno de 1925. Resistencia, fidelidad, inteligencia.

PERROS DE COMPAÑÍA

Hay perros para asistir a los incapacitados entrenados también para cubrir sus necesidades especiales, y Pro-Dogs Active Therapy Dogs los cuales, con sus propietarios, visitan hospitales, centros asistenciales y asilos, iluminando la vida de aquellas personas que no pueden tener ya la posibilidad de tener un perro propio. Se ha probado que el simple acto de acariciar a un perro puede ayudar a reducir la presión arterial de un paciente.

La presencia de perros está siendo cada vez más reconocida como terapia y los perros están encontrando su sentido como residentes, en un número cada vez mayor de hospitales geriátricos y psiquiátricos, y de asilos.

En el Reino Unido no está permitido que un perro tire de un carretón en la carretera. Pero en América no es raro que un perro grande lleve a casa la compra de esta manera, al mismo tiempo en Suiza el perro de montaña Bernés puede ser visto llevando una lechera. En su Alemania nativa el Rottweiller era tradicionalmente el perro del carnicero.

Por supuesto, los perros aparecen en películas, anuncios de televisión y en directo. Pero quizás la tarea más importante de todas sea como compañero de los solitarios y de los ancianos, esa gente que no tendrían a nadie con quien relacionarse si no fuera por su fiel amigo, el perro.

¿PUEDEN QUERER?

DICE EL PROVERBIO: «Un perro nunca muerde la mano que le alimenta», y los cínicos pueden decir que el perro confía en nosotros por su comodidad, cualquier muestra de estima es interesada —quiere conservar su comida. Hay, de todas formas, demasiadas historias reales ilustrando el desinteresado amor de los perros como para que todo lo dicho anteriormente no tenga demasiado peso.

Debemos admitir que los perros se desarrollan mejor y están más contentos cuando no se rompe su rutina. Como los humanos, se acostumbran a dormir en una cama o cesta familiar, comer su comida y salir a pasear a horas regulares. Un cambio en la rutina cuando, por ejemplo, el miembro de la familia que normalmente lo saca a pasear se va, o cuando se le mete en una perrera de alquiler, hará que su condición no sea tan buena.

Pero no hay ninguna duda de que los perros, especialmente aquellos que tienen una estrecha relación con sus dueños, a menudo incluso compartiendo la misma habitación, y raramente se alejan de ellos, pueden literalmente morirse de pena si sus dueños les preceden.

LA HISTORIA DE BOBBY GREYFRIARS

Desde mi punto de vista, la historia real de Bobby Greyfriars es la que mejor ilustra el amor de un perro por su amo. Bobby era un pequeño y peludo Terrier, posiblemente un Skye terrier, un compañero muy querido de un granjero escocés llamado Gray.

Cada miércoles, Bobby acompañaba a su amo a Edimburgo al mercado y, al mediodía o un poco después, se iban los dos al salón de té de Traill donde Gray comía su almuerzo y a Bobby se le daba un bollo. En 1858 Gray murió, y se le enterró en el cementerio de Greyfriars.

Al tercer día después del funeral, a la hora habitual de la visita de Gray, Bobby, sucio y como una aparición, muy triste, se presentó en el salón de té donde, por pena, Traill le dió su bollo habitual.

Se pensó que esa sería la última vez que los del salón de té verían a Bobby. Pero al día siguiente y al otro, el perro apareció y le dieron otra vez su bollo, y se fue con él.

Finalmente, Traill, curioso, decidió seguir a Bobby. Hizo esto, y se sorprendió al encontrar al pequeño perro yendo hacía el cementerio de Greyfriars. Cuando el perro llegó allí se estiró en la tumba de su amo para comerse su escaso almuerzo.

Pronto se hizo evidente que Gray había sido un solitario y que no había previsto nada para Bobby; también que el pequeño perro pasaba sus días y sus noches encima de la tumba, dejando solo su vigilia para ir al salón de té cuando lo forzaba el hambre.

Abajo Los perros disfrutan con la compañía humana. Les gusta estar cerca de sus amos, y a menudo les gusta acompañarle durante sus rutinarias actividades diarias.

UN SETTER VIAJERO

Algunos perros aman su casa, casi tanto como a su amo. En agosto de 1976 un Setter Irlandés (rojo) llamado Bede se perdió durante unas vacaciones en Cornualles con su dueño, el padre Louis Heston. Casi seis meses después, Bede, con los pies llenos de ampollas y muy cansado, llegó a casa de su amo en Braintree, Essex, habiendo viajado 480 Km (300 millas). La asociación de criadores declaró a Bede el perro más valiente de 1976 y fue presentado con su premio en el Crufts Dog Show el 12 de febrero de 1977.

FUERZA DE PERRO

En América, las competiciones caninas de arrastrar pesos son muy populares; los perros que compiten ponen a prueba su fuerza y resistencia tirando de pesadas cargas. El campeonato del mundo (World Championship Weight Hauling Contest) se celebra en Bothell, Washington como parte del Northwest Newfoundland Club Working Dog Trials anual. Hay cinco categorías: por debajo de 45 Kg (100 lb), 45-59 Kg (100-130 lb), 59-75 Kg (130-165 lb), 75-86 Kg (165-190 lb) y por encima de 86 Kg (190 lb). Sin embargo, la carga más grande registrada que fue arrastrada por un perro fue de 2,905 Kg (6.400 lb y media), arrastrada por un San Bernardo de 80 Kg. (176 lb) llamado Ryettes Brandy Bear en Bothell el 21 de julio de 1978; en esta ocasión los otros perros que competían, tres Terranovas, dos Malamutes de Alaska y otro San Bernardo, también arrastraron 25 veces su propio peso en su primer arrastre.

Normalmente, los perros no estaban permitidos en el cementerio de Greyfriars, pero se renunció a la norma eventualmente en el caso de Bobby quien, refugiándose sólo cuando llovía en un cobertizo cercano, alimentado por amigos compasivos, y rehusando cualquier intento de realojo en otra casa, continuó su vigilia durante los catorce años siguientes hasta su muerte en 1872, cuando se le enterró, como a su amo, en el cementerio de Greyfriars.

Más tarde, la gente de Edimburgo erigió una estatua a Bobby para recordar a este pequeño perro que, incluso después de la muerte de su amo, no pudo ser persuadido de abandonarle.

Arriba *El juego es una buena manera de construir amistad y lealtad entre un perro y su dueño, así como para reforzar las lecciones de adiestramiento.*

Izquierda *A la mayoría de los perros les gusta complacer a sus dueños, y una vez adiestrados se les puede motivar para que realicen todo tipo de tareas y actividades.*

¿Dónde Conseguir el Perro?

UNA VEZ DECIDIDO si quiere un pura raza, un mestizo o un callejero, debe decidir si le gustaría un perro o una perra. Esto es por completo una cuestión de elección. Mucha gente prefiere perras porque creen que son más fáciles de educar, y que por su naturaleza cariñosa y maternal son una compañía mejor para los niños. Otros prefieren el mayor entusiasmo hacía la vida de los perros. Sin embrago, es importante mencionar que la mujer que compra una perra puede encontrarse con que tiene una relación más estrecha con su compañero, mientras que el perro, cuya intención era que fuera el compañero del hombre, prefiere a la mujer.

ELIJA UN PERRO

También hay que considerar si el perro tiene que ser grande o pequeño y con pelo corto o largo, pensando que el pelo largo necesitará extensos cuidados y que incluso una raza con pelo corto, de color claro dejará pelos en la moqueta.

Perros callejeros y mestizos pueden obtenerse en las tiendas de animales de compañía, de las perreras de acogida de las sociedades protectoras de animales y a través de los anuncios en los periódicos locales. Puede ver incluso, cachorros anunciados en los anuncios de las tiendas. Si no está seguro de querer un cachorro, podría hacerle un favor a un perro mayor y sin hogar, ofreciéndole una casa. Seguramente habrá varios para elegir en su perrera local o en las de protección de animales.

RED DE SEGURIDAD

• *Las sociedades de rescate de una raza han sido creadas por casi todas las asociaciones de cada raza; es un esfuerzo para realojar a las miembres sin casa de su raza —perros de varias edades cuyos dueños han tenido que dejarlos por distintas razones—.*

• *Estas asociaciones ofrecen una oportunidad a aquellos que buscan una raza en especial pero no están muy convencidos, o si no tienen la posibilidad de coger un cachorro, de conseguir un perro mayor de su raza favorita. Por supuesto sólo se tienen en cuenta las demandas serias y esta asociación no tiene que ser vista como una forma barata de obtener un pura raza.*

Si quiere un pura raza, depende mucho de si está buscando un cachorro o un perro para exposición, ya que los perros pura raza que ve anunciados en el periódico, o ve en las tiendas de animales, raramente son destinados a las exposiciones.

Una vez que ha concretado lo que quiere a una o dos razas, una llamada a la asociación nacional de criadores le dará detalles de criadores con buena reputación. Tenga en cuenta que, si vive en una ciudad, no es probable que un criador de, por ejemplo mastines, viva en la esquina, por lo que tiene que estar dispuesto a viajar y a poner su nombre en una lista de espera.

El carácter se forma pronto. Escoja siempre un cachorro curioso y confiado. Uno tímido probablemente pasará a ser un perro nervioso.

Arriba El Wood Green Animal Shelter en Inglaterra es uno de los centros de acogida más modernos de Europa. Se sigue un registro de todos los animales por ordenador.

No se eche atrás si el criador le hace muchas preguntas —si tiene jardín, por ejemplo, si tiene trabajo, o si está en casa todo el día. El simple hecho de que lo hagan prueba que se preocupan por sus perros de todo corazón—.

Si quisiera un pura raza que ya ha pasado por completo su estado de cachorro, incluso con cinco años o más, pida a la asociación nacional de criadores que le den la dirección de la casa de acogida de esa raza. Pueden tener un perro de la raza elegida que necesite una casa por muchas

razones distintas, desde por la muerte del dueño anterior a un divorcio.

No tome una decisión precipitada sobre su perro. Después de todo, estará destinado a ser su compañero durante doce años, quizás más.

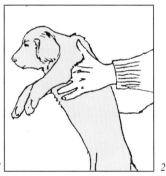

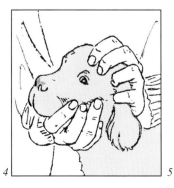

1

2

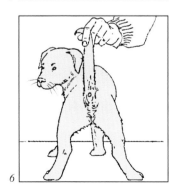

3

4

5

6

Izquierda Debería asegurarse de que el cachorro que elige está sano antes de finalizar la compra. 1. Coga al perro para comprobar que no pone objeciones o muestra señales de dolor; su cuerpo debería estar firme y relajado. 2. Levante la oreja y compruebe que el conducto está limpio y seco. 3. Abrale la boca con cuidado y compruebe que la lengua y las encías son rosadas. 4. Los ojos deberían ser nítidos y brillantes, y no debería haber señales de supuración. 5. Pase su mano en dirección contraria por el pelo para comprobar que no tiene irritaciones ni el polvo negro que producen las pulgas. 6. Compruebe debajo de la cola que no hay ninguna mancha ya que indicaría diarrea.

PREPARARSE PARA EL NUEVO ANIMAL DE COMPAÑÍA

HAY COSAS QUE COMPRAR, y precauciones a tomar antes de que llegue su cachorro.

Primero de todo, asegúrese de que su jardín está convenientemente vallado. Si no lo está, tome las medidas para que se realice rápidamente, teniendo en cuenta que tanto las puertas como la valla tienen que estar a ras del suelo, y que la parte de abajo de la valla tiene que enterrarse para asegurarnos de que las crías pequeñas no pueden pasar por debajo.

Los dueños de perros con experiencia, con la suficiente suerte como para tener jardines grandes, a menudo vallan o ponen una red a una área especialmente para sus animales de compañía. Esto les permite, especialmente si son amantes de los jardines, guardar el área restante para la horticultura. No obstante, usted puede querer confinar a su perro en un patio, que se puede limpiar fácilmente con una solución desinfectante. Hay elementos de usar y tirar para los excrementos caninos disponibles en las tiendas de animales y en las ferreterías.

QUE COMPRAR

Una jaula metálica para interiores, con un suelo de quita y pon de plástico; es una inversión excelente, y puede encontrarse en varios tamaños. Dentro de la jaula pondre-

CORREA: SI - ARNÉS: NO

Algunos cachorros tardan más que otros en reaccionar favorablemente a la correa. A pesar de ser muy tentador el recurrir a un arnés, que tiene el efecto de levantar todo el cuerpo del cachorro en lugar de tirar de su cuello, no se recomienda, porque estropea la acción de andar en el futuro del cachorro.

mos la cesta del cachorro, preferentemente de las de poliuretano (menos fuerte y será mordisqueada, hasta acabar a trozos), su manta de lana y sus juguetes, lo que queda a la vista de la base se cubrirá con papel de periódico y pondremos encima el cuenco del agua. El cachorro puede dormir en la jaula y se le puede meter cada vez que tenga que irse para varias horas, evitando así cualquier problema de mordisquear zapatillas —¡o muebles!—. Debemos colocar la jaula en un lugar caliente y sin corrientes.

También necesitaremos un cuenco para la comida, un cepillo suave para cachorros y una correa y collar para cachorros. Pero, por favor, no invierta en un arnés. Está admitido que es más fácil enseñar a un cachorro a aceptar la correa con éste,

Cama de plástico

Cama de plástico

cama acolchada

cama de veterinaria

cuenco de cerámica

cuenco metálico

cuenco de plástico

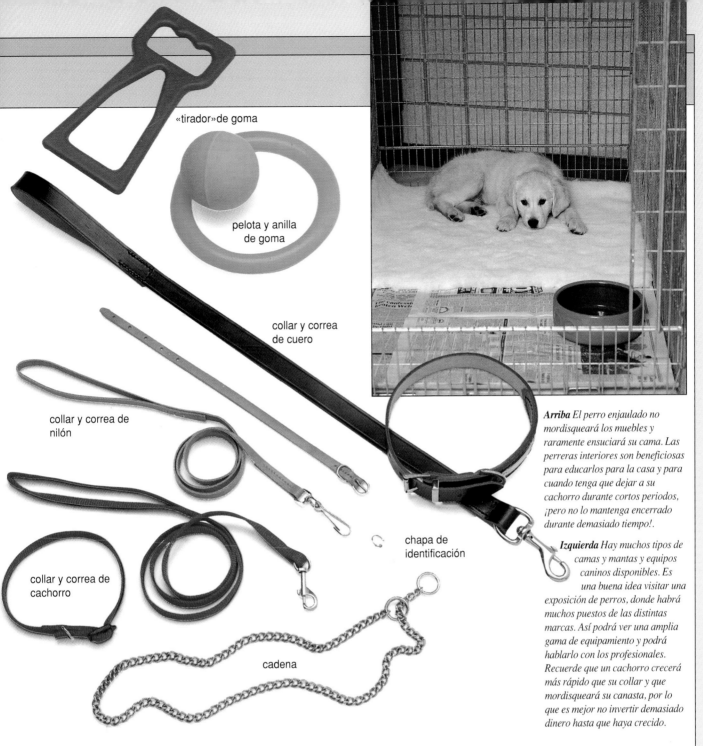

«tirador» de goma

pelota y anilla
de goma

collar y correa
de cuero

collar y correa de
nilón

collar y correa de
cachorro

chapa de
identificación

cadena

Arriba El perro enjaulado no mordisqueará los muebles y raramente ensuciará su cama. Las perreras interiores son beneficiosas para educarlos para la casa y para cuando tenga que dejar a su cachorro durante cortos periodos, ¡pero no lo mantenga encerrado durante demasiado tiempo!.

Izquierda Hay muchos tipos de camas y mantas y equipos caninos disponibles. Es una buena idea visitar una exposición de perros, donde habrá muchos puestos de las distintas marcas. Así podrá ver una amplia gama de equipamiento y podrá hablarlo con los profesionales. Recuerde que un cachorro crecerá más rápido que su collar y que mordisqueará su canasta, por lo que es mejor no invertir demasiado dinero hasta que haya crecido.

COMODIDADES EN LA PERRERA

La mayoría de los perros viven en casa con sus dueños. Las razas de miniaturas y con pelo corto casi siempre lo hacen. No obstante, los dueños de perros trabajadores y cazadores prefieren tenerlos al aire libre. Esto no requiere menos trabajo. Los perros en la perrera tienen que ser alimentados, hay que darles agua y hay que cuidarlos y ejercitarlos —y, por supuesto, hay que limpiarlos— igual que los que viven en el interior. Hay que ponerles calefacción cuando hace frío; lámparas y estufas son los dos sistemas que más se usan.

pero arriesga estropear sus movimientos. (ver páginas 38-39)).

Compruebe con el vendedor cuál es la comida normal del cachorro —un criador le dará una hoja con la dieta—. Incluso si tiene otros planes para la alimentación, es mejor no alterar la rutina alimentaria del cachorro durante los primeros días.

Finalmente, asegúrese de que los juguetes son de un plástico fuerte y duradero que no se puede tragar; los antiguos de goma son ideales. Si su perro va a ser un peso ligero, piense en una caja para llevarlo a las exposiciones, al veterinario, de vacaciones, o simplemente para los viajes en coche. Como medida temporal, puede obtener una caja de cartón de una sociedad protectora para llevarlo.

DELE A SU PERRO LA DIETA ADECUADA

BÁSICAMENTE, LOS PERROS TIENEN las mismas necesidades nutricionales que nosotros mismos. Necesitan una dieta equilibrada conteniendo proteínas (carne), hidratos de carbono (cereales) y, grasa con minerales y vitaminas incluidos. Casi todos los tipos de carne son adecuados excepto el hígado, que es un laxante y deberíamos dárselo con estricta moderación.

El agua es esencial y debemos dársela como agua para beber (casi siempre), o en la comida. La carne picada contiene un 70 % de agua.

CARNE FRESCA CONTRA COMIDA PARA PERROS

No hace tanto tiempo que los dueños de perros muy cuidadosos insistían en dar a sus perros carne fresca, usando la comida preparada para perros solo como algo adicional. Y por supuesto una dieta de agua, carne adecuada y galletas cubre las necesidades básicas de la comida del perro en general.

Hoy en día, no obstante, la comida preparada científicamente ha servido para cubrir las necesidades nutricionales del perro y se les da en la mayoría de las perreras y casas individuales, tanto por el beneficio para el perro, como por conveniencia.

Esta comida preparada aparece en forma de productos de carne enlatada, a la que deberíamos añadir galletas para perros, latas de comidas blandas o integrales, con agua que no necesitan añadirles galletas, o comida para perros completamente seca a la que solo hay que añadirle agua. La comida seca aumenta la sed, por lo que si se usa, es necesario asegurarnos que el agua de beber está siempre

Arriba Los perros cuidan su comida celosamente. No obstante, no debe permitirse una conducta agresiva hacia los humanos al lado del cuenco de la comida.

llena.

Y mientras muchos dueños de perros siguen insistiendo en alimentarlos con ternera sin grasa, triturada y ligeramente cocida durante las primeras semanas después del destete, ahora tenemos disponible comida enlatada para cachorros, que ha

Programa de alimentación del cachorro		
Edad	Comidas al día	Tiempo aproximado de las comidas
Del destete a los tres meses	4	Desayuno almuerzo merienda y cena (bebida opcional antes de irse a dormir, quizás un huevo disuelto en leche para las razas grandes)
3-6 meses	3	Desayuno merienda y cena
6-12 meses	2	Desayuno y merienda (o cena temprana)
Un año y más (el perro es un adulto al año).	1 o 2	Mediodía y/o por la noche temprano (si se decide la comida del mediodía, por la noche habrá que darle algunas galletas.)

Nota El tiempo exacto de las comidas es flexible, pero una vez elegido hay que atenerse a él estrictamente.

Inicialmente, el cachorro debería recibir dos comidas de leche (comida preparada para bebés, como Farex, es ideal) y dos comidas de ternera triturada y sin grasa, ligeramente cocida, o una lata de comida para cachorros, con galletas para cachorros.

Alimentar al perro adulto		
Cantidades basadas en una lata media de 380 gr (13,5 oz.)		
perro miniatura	p.e. Terrier de Yorkshire	1/4-1/2 lata
perro pequeño	p.e. West Highland White Terrier	1/2 lata
perro medio	p.e. Cocker Spaniel	1 lata
perro grande	p.e. Labrador Retriever	1 1/2-2 latas
perro muy grande	p.e. Gran Danés	4 latas

Hay que notar que algunos perros queman más energía que otros y necesitan más comida que otros, por lo que una vez que sepa cuál es el peso ideal para su perro, puede ajustar las raciones. Consulte a su veterinario en caso de duda.

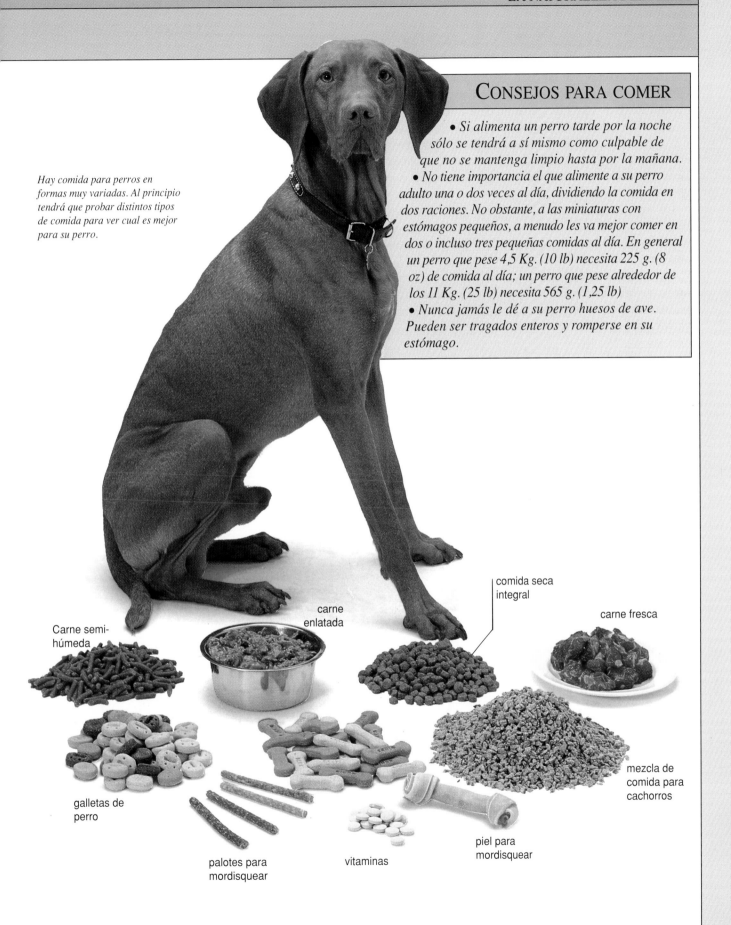

CONSEJOS PARA COMER

● *Si alimenta un perro tarde por la noche sólo se tendrá a sí mismo como culpable de que no se mantenga limpio hasta por la mañana.*

● *No tiene importancia el que alimente a su perro adulto una o dos veces al día, dividiendo la comida en dos raciones. No obstante, a las miniaturas con estómagos pequeños, a menudo les va mejor comer en dos o incluso tres pequeñas comidas al día. En general un perro que pese 4,5 Kg. (10 lb) necesita 225 g. (8 oz) de comida al día; un perro que pese alrededor de los 11 Kg. (25 lb) necesita 565 g. (1,25 lb)*

● *Nunca jamás le dé a su perro huesos de ave. Pueden ser tragados enteros y romperse en su estómago.*

Hay comida para perros en formas muy variadas. Al principio tendrá que probar distintos tipos de comida para ver cual es mejor para su perro.

comida seca integral

carne fresca

carne enlatada

Carne semi-húmeda

mezcla de comida para cachorros

galletas de perro

piel para mordisquear

palotes para mordisquear

vitaminas

35

EDUCACIÓN EN CASA

NO ES MUY COMÚN que un cachorro llegue a su casa ya educado, por la simple razón de que los criadores con varios cachorros a los que cuidar no tienen tiempo.

Algunos cachorros están educados en cuestión de semanas. Otros tardan mucho más tiempo. Es algo que se consigue con diligencia y paciencia, no pegando o adoptando la desagradable costumbre de restregar la nariz del perro en lo que acaba de hacer.

Lo más común es que el perro esté condicionado a responder a la llamada de la naturaleza en un trozo de papel de periódico, y se recomienda seguir educándolo con éste.

Una vez que el cachorro haya crecido podrá controlar su vejiga durante horas. Cuando es un cachorro no puede hacerlo, y hay que estar preparados para los accidentes.

QUÉ HACER Y QUÉ NO HACER

Ponga papel de periódico generosamente en el suelo de la cocina y, cuando vea que el cachorro está apunto de colocarse, cójalo con cuidado pero firmemente, señale el papel y colóquelo encima. Haga esto incluso si el cachorro ya ha cometido un error, pero NUNCA le pegue si no ha usado el papel.

Una vez que el cachorro muestre señales de comprender lo que tiene que hacer, continúe con la práctica, pero sustituya la generosa extensión de papel con sólo una hoja o dos en la puerta de atrás. Una vez que el perro sabe dirigirse a la puerta para aliviarse, usted puede empezar a abrirla y a dejarle salir al jardín. Elógielo profusamente cuando lo hace bien. Pero por favor, no lo deje fuera en el frío por un tiempo fuera de lo normal. Algunos perros, como alguna gente, necesitan más tiempo para comprender lo que se les pide.

ALGUNAS NORMAS BÁSICAS

• *Si está fuera, en el trabajo todo el día, no es justo que tenga un perro, no importa lo mucho que los quiere, a menos, claro está, que tenga un amigo o ayudante en el que confiar, para ir a su casa cada mediodía y ejercitar al animal en su ausencia.*

• *Nunca jamás pegue a un perro. El tono de voz debería ser suficiente para expresar disgusto y un perro sólo quiere gustar. Sea generoso con las alabanzas cuando el perro lo haga bien, acariciándolo y diciendo «buen chico»o «buena chica», según sea el caso.*

1 Cuando su cachorro se desahogue, póngalo enseguida encima de las hojas de papel de periódico que habrá colocado en el suelo de la cocina.

2 Pronto el cachorro buscará el periódico cuando necesite responder a la llamada de la naturaleza y se subirá al papel, pero esté preparado para los errores ocasionales.

Obviamente, uno no quiere que un perro adulto lo haga dentro de casa, por supuesto. No obstante, el mero hecho de haber sido educado en el papel de periódico cuando cachorro puede ser muy beneficioso en caso de razas pequeñitas si, por ejemplo, usted tiene que salir y sabe que a lo mejor su vuelta se retrasará. En este caso, simplemente deje una hoja de papel de periódico al lado de la puerta. El perro sabrá para que la pone.

¿CUÁNTO RATO HAY QUE DEJAR AL PERRO?

Nuevos dueños preguntan a menudo cuánto rato tienen que dejar al perro antes de volverlo a dejar salir al jardín. Teniendo en cuenta que siempre es mejor dejar a un perro joven solo durante cortos períodos hasta que tenga confianza en que van a volver, debería, en la vida adulta, ser capaz de ser dejado solo durante alrededor de cinco horas. Hay en la vida de la mayoría de la gente, las raras ocasiones en que tienen que extender este tiempo. No obstante la verdad es que la persona cuyo trabajo la obliga a estar fuera de casa de nueve a cinco horas, no debería considerar tener un perro. El perro sucio, ruidoso y destructivo suele ser un perro solitario.

Abajo Cuando esté bastante seguro de que el cachorro ya lo ha hecho, abra la puerta, y elogie al perro profusamente.

Siempre es más fácil educar a un cachorro cuando tiene un compañero canino mayor que le enseña.

3 Gradualmente vaya disminuyendo la cantidad de hojas de periódico y deje una o dos al lado de la puerta de atrás.

4. Pronto, si hace buen tiempo, puede abrir la puerta de atrás cuando el cachorro se dirigía hacía allí, y ayúdelo a salir afuera.

ADIESTRE A SU PERRO

Su CACHORRO NO DEBERÍA salir a pasear antes de tener todas las vacunaciones. Esto le brinda a usted una oportunidad ideal, prepararlo para la aventura, acostumbrándolo a llevar collar y correa.

PONERLE EL COLLAR

Primero de todo, déjele acostumbrarse a llevar el collar en cortos períodos de tiempo, asegurándose de que no le apriete demasiado. Debería poder dejar dos dedos de ancho por debajo, sin miedo a que se lo quite por encima de la cabeza.

Ahora ponga la correa y, después de que el cachorro haya jugado con ella durante un rato, recójala y colóquela a lo largo del brazo enfrente suyo.

A continuación tome la correa con su mano derecha y, ofreciéndole una golosina con la izquierda, tire con cuidado de la correa hacía usted. Una vez que el cachorro comprenda la idea, empiece a andar despacio hacía atrás, incrementando la distancia gradualmente.

Una vez que este ejercicio se ha llevado acabo y el cachorro ya no lucha para soltarse del collar y correa, puede empezar a llevarlo de su mano izquierda, reduciendo el número de golosinas, pero alabando generosamente el progreso que está haciendo el cachorro. Pero una advertencia: no deje que esta, o cualquier otra lección, dure demasiado, y termine siempre con una nota de aliento.

VAMOS DE PASEO

Una vez que el cachorro es más mayor, y se aventura con él en la calle, debería andar a su izquierda pero, como he dicho antes, usted debería coger el lazo de la correa con su mano derecha, pero manteniéndolo más o menos a medio camino del enganche con su mano izquierda, para que la correa se extienda cruzando su cuerpo, y le permita tener un buen control.

ENSEÑÁR LAS ÓRDENES «SIT»(SIÉNTATE) Y «STAY»(QUIETO)

Sin tener en cuenta si usted quiere que su perro sea simplemente un animal de compañía o que compita en pruebas de obediencia o conformación, es necesario enseñarle a sentarse, a quedarse quieto y a venir (ven) cuando le llamemos. Si le enseñamos «quieto»podremos, por ejemplo, pararlo si va a cruzar la carretera para que no tenga o provoque un accidente.

1

4

1 Cuando lo estemos adiestrando con la correa, el perro tiene que andar a nuestra izquierda. Sujete el final de la correa con su mano derecha, y coja la mayoría de la parte que queda floja con la mano izquierda. Dé la orden que va a usar, como por ejemplo «heel»(manténte a mi lado), y empiece a andar. Cada vez que el perro tire de la correa, dé un pequeño tirón con su mano izquierda, pero suéltelo otra vez tan pronto como el perro vuelva a su posición correcta.

2 Hay varias maneras de enseñarle a un perro a sentarse «sit». Esta es una de las más fáciles: con el perro andando a su izquierda, levante la correa con su mano derecha y, con la izquierda, haga presión firmemente, en la parte trasera

del perro, hacia abajo y al mismo tiempo diciendo firmemente la orden «sit». Siga haciendo esto durante su paseo hasta que se de cuenta de lo qué le está pidiendo que haga.

3 «Stay»es una progresión de «sit». Ponga a su perro en la posición «sit», ahora colóquese delante del perro diciendo «sit» y entonces «stay»muy firmemente, dando un tirón en la correa si intenta moverse. Si lo hiciera, deberá empezar otra vez.

4 y 5 Se necesita mucha paciencia para educar perros. Una vez que el perro sabe cómo «sit»y «stay», se puede empezar a usar la orden «stay»mientras nos vamos alejando gradualmente.

2

3

5

6

6 *El «ven» es una progresión del adiestramiento del cachorro con la correa cuando nos acercamos al asombrado cachorro hacía nosotros. Ahora puede usted adoptar el mismo procedimiento diciendo la orden «ven», una vez que su perro esté en posición «sit-stay», y organizando un gran alboroto cuando obedece, para que asocie la orden con una experiencia placentera.*

RECUERDE

• *Los ejercicios de educación de los perros deberían realizarse inicialmente con el collar y la correa puestos.*

• *Una cadena de ahogo no debería usarse en un miniatura. Se usan frecuentemente en el adiestramiento de razas grandes, pero se están reemplazando cada vez más por las de nilón fuerte, especialmente cuando se adopta la práctica de llevar al perro por la cabeza y no por el cuello.*

• *Debería quitarle el collar a su perro cuando descanse, y especialmente antes de irse a dormir por la noche. No es sólo más agradable para el perro, sino que además evita que se le marque el collar en el pelo.*

Arriba *Las clases de adiestramiento son un lugar excelente para enseñarle obediencia a su perro, ya que le permiten trabajar bajo la mirada de un profesional.*

39

¿PUEDO APRENDER A EXHIBIR A MI PERRO?

NO INTENTE CORRER antes de poder andar es un buen consejo. Sí, hay quienes van a un campeonato de exposición con un perro sin preparar y ganan su categoría, pero esto no es muy común.

Es sensato llevar a su cachorro a clases de preparación. En cualquier caso, no se le permitirá exhibirlo en una exposición de una asociación canina reconocida hasta que tenga seis años.

Estas clases (no tenemos que confundirlas con las clases de adiestramiento, donde el perro aprenderá obediencia) ayudan al perro a mezclarse con los de su propio tipo —y con la gente—. Usted aprenderá a cómo presentar su perro en la exposición, usando la técnica correcta para su raza.

Por ejemplo, mientras que uno tiene que andar en la pista con un Bulldog francés o un miniatura, como un Grifón de Bruselas o un chihuahua, es necesario correr(paso) con razas grandes como el elegante galgo afgano o el doberman.

Mientras los perros miniaturas son examinados por el juez encima de una mesa, excepto el alegre Terrier de Yorkshire, que es examinado en su propia caja, las razas son examinadas en el suelo en posición de exhibición.

ECHAR UN VISTAZO

Un buen consejo, antes de empezar su carrera en las exposiciones, es ir a tantas exposiciones como pueda, y mirar a los exhibidores de su raza en particular. Estudie la postura de sus perros y cómo se mueven e intente emularlo en sus sesiones de prácticas.

En el Reino Unido hay muchas exposiciones de perros exentas; esta palabra quiere decir que están exentas de la mayoría de las normas de las asociaciones caninas. Estas exposiciones son una plataforma excelente para los principiantes e incluyen divertidas clases, como por ejemplo «el perro con la cola más movida», «el perro en mejores condiciones» —y otras de este estilo, y otras para perros que no son de pura raza—.

Las exentas no son como las «Sanction Show», sólo para miembros del club organizador, mientras los «Open Shows»y las exposiciones de campeonato son sólo para los exhibidores con experiencia. Es en estos últimos donde se consiguen los Certificados de Aptitud cuando se elige un perro macho o hembra como el mejor ejemplo de su

Arriba Los perros miniatura son examinados encima de una mesa. La mayoría de los aspirantes practican esto unos minutos todos los días desde una edad muy temprana. Es algo que se puede hacer durante la sesión diaria de cepillado.

Izquierda Las clases para exhibirse son una excelente oportunidad para un joven perro de acostumbrarse a andar con sus compañeros y a ser examinado por un extraño. El exhibidor aprende qué esperar de la exposición y los procedimientos relacionados con ésta. Las clases se dan normalmente una noche por semana.

Arriba *Un rosetón como éste podría ser el premio ganador en una exhibición del mejor de su raza.*

Derecha *Un exhibidor con éxito nos demuestra como presentar un vizla húngaro en la exhibición. Exhibir un perro no es tan fácil como parece. Es importante seleccionar una raza de acuerdo con las posibilidades físicas del exhibidor.*

QUÉ HACER Y QUÉ NO HACER

Si *Vista elegantemente en la exposición para complementar a su perro.*
Si *Lleve zapatos cómodos si es una mujer exhibidora. Algunas exposiciones se celebran en un campo de barro —en las que no hay sitio para peligrosos tacones altos—.*
Si *Invierta en una grapa para exposiciones, para que el juez y su ayudante puedan ver fácilmente el número en su tarjeta.*
Si *Estudie el catálogo con atención y asegúrese de que llega al lugar a tiempo para su clase.*
Si *Asegúrese de que lleva un cuenco para el agua de su perro a la exposición.*
No *Hable con otros exhibidores en la pista de exposición.*
No *Proteste las decisiones del juez.*
No *Se enfade con su perro si no actúa como debería. «¡Todos los perros tiene un día malo!».*

raza. Tres Certificados de Aptitud concedidos por tres jueces distintos en tres campeonatos distintos le da el derecho al perro a ser conocido como un campeón.

En América, los encuentros de perros son un buen campo de entrenamiento para el novato. Dan premios, pero no los puntos necesarios para llegar al título de campeón, que sólo se puede alcanzar en las exhibiciones de perros.

Los puntos para ser campeón se ganan en las exposiciones de especialistas y de razas, en seis categorías regulares conocidas como Novicios, Criado por el Exhibidor, Raza Americana, Open (espacio abierto) y Cachorros (6-9 y 9-12 meses). Los ganadores de estas categorías tienen que competir entre ellos para seleccionar a un perro ganador. A continuación, y por el mismo sistema de finales, se selecciona a una perra ganadora.

Los sistemas de juzgar varían de un país a otro, pero básicamente un perro ganador en un país debería ser un perro ganador en otro. Los jueces siempre están buscando al perro que se aproxime más al estándar de su raza.

CUIDAR A SU PERRO

PERRO DE EXPOSICIÓN O ANIMAL DE COMPAÑÍA, su compañero canino se beneficiará de sus cuidados diarios. Este tratamiento de belleza diario no sólo hace que su perro parezca y se sienta a gusto, sino que da al dueño la oportunidad de comprobar que no tiene pulgas o cualquier herida o problema menor.

Por supuesto, algunas razas necesitan muchos más cuidados que otras, por lo que si tiene el tiempo muy limitado es aconsejable que no elija una raza que requiera una larga preparación, especialmente si está destinada a hacer una carrera en las exposiciones.

La mayoría de las razas con pelo corto son bastante fáciles de cuidar. Todo lo que necesitan es un cepillado con un cepillo de cerda corta y dura, o con un guante para perros. Frotarlo con una almohadilla de terciopelo es excelente así como frotarlo rápidamente con una toalla. Para razas con un pelaje más importante necesitará un cepillo de cerda de nilón.

HORA DE EXHIBIRSE PREPARACIÓN

• *Razas que son bastante sencillas de preparar para la exhibición: Boxer, Dachshound (pelo suave), Doberman, Bull Terrier Inglés, Bulldog Francés, Chihuahua de pelo liso, y Grifón (petit brabançon), Pug, Bull Terrier de Staffordshire.*
• *Razas que requieren una preparación máxima: Galgo afgano, Airedale Terrier, Fox Terrier de pelo duro, Bichon frisé, Komondor, Lowchen, Lhasa apso, Caniche, Perro de Aguas Portugués, Pequinés, Perro Pastor Inglés, Puli, Shih tzu, Terrier de Yorkshire.*

CORTAR, PEINAR Y RECORTAR

Hay algunas razas que prepararlas para las exposiciones no es fácil para un novato. El Caniche, por ejemplo, necesita cortarse el pelo cada seis semanas y mientras que el corte a lo cordero es suficiente para un cachorro, un difícil corte a lo león es necesario para una exposición, y puede llevar varias horas hacerlo perfecto.

El atractivo Galgo Afgano y el popular Perro Pastor Inglés son dos razas que requieren una preparación muy larga, mientras que los Terriers tienen que ser stripped o vaciado a mano; el Bichón Frisé hay que cortarle con las tijeras de forma muy elaborada y el Puli húngaro tiene las gruesas cuerdas de su pelo separadas a mano. Otras razas, como el cómico pequeño Grifón de Bruselas, hay que hacerle un corte muy exagerado. Normalmente la sociedad canina puede dar información y un dibujo o gráfico de los requisitos. Los salones de belleza caninos harán el trabajo por usted, pero la mayoría de los dueños están

Izquierda Es recomendable, cuando compre un cachorro, hablar con el criador sobre el equipo básico que va a necesitar. Más tarde, si usted decide exhibir el cachorro, puede necesitar cosas como un carrito portátil para la caja o cesta, mesa para acicalar a su perro y correa para la exhibición.

Cepillo blando

cepillo de goma

guante para perros

gamuza
peine de alambre

peine de plástico

cepillo de alambre

toallitas para las orejas y ojos

cortador de uñas

pasta y cepillo de dientes

DESOREJAR Y CORTAR

A muchas razas de trabajo (como el Boxer, Gran Danés y Doberman), para tareas específicas (como el Schnauzer) y miniaturas (como el Pinscher miniatura y el Grifón de Bruselas) se les recortan las orejas en su país de origen. No obstante, la práctica es ilegal en el Reino Unido, Escandinavia, Australia y dependiendo de las leyes de cada estado, en los Estados Unidos. Cortar la cola, también ha sido prohibido en Suecia, y hay una gran controversia sobre lo bueno y lo malo de esta práctica en otros países.

Orejas Compruebe que las orejas y la caída de éstas no tengan ninguna señal de cera o un olor desagradable, que podría ser una señal de cáncer. Se pueden conseguir toallitas para las orejas pero nunca la explore por dentro.

Uñas Si su perro anda mucho por la calle, sus uñas se cortarán naturalmente. Si no, necesitará cortárselas con un corta uñas veterinario alrededor de cada tres meses. El veterinario lo hará.

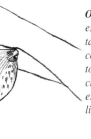

Ojos Compruebe que los ojos no están inflamados o llorosos, también la opacidad de la córnea. Es posible comprar toallitas para los ojos para los cuidados cotidianos, especialmente formuladas para limpiar alrededor del ojo.

Dientes Es recomendable llevar a su perro al veterinario regularmente para una limpieza de boca. Esto es especialmente importante en el caso de las miniaturas, que pueden perder su dentadura a una edad muy temprana.

orgullosos de asegurarse personalmente del aseo inmaculado de su cría.

Hay una serie de trabajos rutinarios que tiene que realizar cuando esté aseando a su perro. Debe, por ejemplo, acordarse de limpiar dentro de sus orejas con algodón humedecido en aceite de oliva, teniendo mucho cuidado de no limpiar demasiado dentro; limpie cualquier mancha alrededor de los ojos con algodón mojado en agua templada, o te frío, y limpie los dientes de su perro con una pasta de dientes específica para perros.

Normalmente no es necesario bañar al perro excepto en verano cuando, después de un enérgico secado con la toalla, pueden correr y secarse en el jardín. No obstante, los perros de exposición en general son bañados la noche anterior, o algunos días antes de la exposición, dependiendo del tipo de pelo. Esto es algo en que el criador es el más adecuado para aconsejarle.

CORTAR Y RIZAR

• *Alguna gente compra una raza de pelo largo porque les encanta cepillarlos. Pueden sentarse con su perro en el regazo toda la noche, cepillando meticulosamente su pelo. Si, al revés que ellos, su tiempo es limitado, es mejor que escoja una raza de pelo corto.*

• *A los perros que andan normalmente en pavimento, se les gastan las uñas. La mayoría de las razas, no obstante, necesitan que les corten las uñas con un cortaúñas de veterinaria cada varios meses. Tenga cuidado de no cortar más allá de la parte blanca de la uña o sangrará y le causará dolor. No tenga miedo de preguntar al criador, o a su veterinario, que le enseñen cómo realizar esta tarea.*

• *El pequeño y alegre Terrier de Yorkshire que podemos ver corriendo por ahí, lleno de barro, es muy diferente de su tranquilo primo de exhibición, que se pasa la mayoría del tiempo llevando bigudíes de papel.*

EJERCITAR A SU PERRO

TODOS LOS PERROS NECESITAN EJERCICIO. Hay razas que con un poco de ejercicio tienen suficiente y otras que necesitan mucho, por lo que no estaría bien comprar una raza con una capacidad limitada de ejercicio si es usted un andarín, o una raza grande y trabajadora si es usted, en cierta manera, letárgico.

La mayoría de los perros necesitan, como media, dos buenos paseos de unos veinte minutos al día, preferentemente con algunos juegos sin correa en un área de recreo adecuada. Si usted tiene un jardín bastante grande, no es tan importante, ya que puede jugar a la pelota con su perro en él.

Las razas trabajadoras, especialmente, necesitan mucho ejercicio. Si usted puede canalizar su energía e inteligencia a una tarea como las pruebas de obediencia o agilidad, tanto mejor. Puede empezar por inscribirlos en el club canino más cercano.

Los perros miniatura se mantendrán contentos y sanos con bastante poco ejercicio, pero les gusta dar un paseo en

EL PASEO

• *A algunos perros, como el Pequinés, Terrier de Yorkshire y el Pomerano, lo que más les gusta es salir al campo, y llenarse de barro, pero, cuando la ocasión así lo pida, con un paseo en el parque o unos juegos en el jardín será suficiente.*

• *Razas trabajadoras (p.e. Pastor Alemán, Doberman, Border Collie, Rotweiler y Mastín) se pueden volver inquietos y de mal carácter si no tienen una tarea que realizar. Estos perros fueron criados para servir al hombre, no para pasar sus días en un bloque de apartamentos.*

Abajo *Un perro está esperando que lo lleven de paseo y se llevará una decepción si esto no ocurre a la hora habitual. A menudo, los dueños no harían ejercicio por sí mismos sino fuera por su compañero canino.*

RUTINAS REGULARES

- *Intente establecer un horario regular para los paseos con su perro; por ejemplo, pronto por la mañana y por la tarde, y quizás un corto paseo a la hora de irse a la cama. Recuerde que una vez tenga establecida la rutina, decepcionará a su perro si, a la hora habitual, no lo lleva de paseo, lo mismo que ocurriría si, a la hora de cenar, su cuenco no apareciera.*
- *El perro cuyo dueño lo llevaba de paseo todas las tardes cuando era un cachorro, se acordará y esperará con impaciencia salir —a veces mucho después de que su insensible dueño haya dejado esta costumbre—.*

el parque, por lo que estaría mal el privar, incluso a un Chihuahua pequeñito, de su paseo diario. Algunos perros miniaturas literalmente agotarán a sus dueños.

El Bulldog es una raza que no puede ir muy lejos, no más de 1 Km. (media milla) —es ideal para los señores mayores, retirados—. Es vital también que a esta raza no se la saque nunca cuando haga mucho calor, ya que, lo mismo que otras razas de nariz aplastada que tienen dificultades respiratorias, puede expirar. Los propietarios razonables de esta raza nunca viajan cuando hace calor sin toallas húmedas y paquetes de hielo con los que reanimarlos.

PASEAR CACHORROS

No es recomendable llevar un cachorro, de cualquier raza, a dar largos paseos hasta que tenga seis meses; ya que para entonces debería tener la suficiente constitución física y fuerza. Por supuesto, no se puede esperar, incluso de un perro grande adulto que no haya estado en buenas condiciones, y que haya llevado hasta ahora una vida sedentaria, que ande 15 Km (10 millas). La distancia hay que trabajarla gradualmente en el tiempo.

El Dálmata, originalmente un perro de carruaje, es una raza que seguirá a un caballo sin cansarse, pero también lo harán muchos de la raza Terrier. Una vez me encontré un Dachshound miniatura andando por las colinas, lejos de casa, con su dueño. Era asombroso pensar que el perro había andado tan lejos con sus cortas patitas, pero, como su dueño explicó, al perro lo habían llevado a dar largos paseos toda su vida, y por lo tanto, podía andar esas distancias.

Izquierda un perro cazador como éste está a gusto en el campo haciendo mucho ejercicio.

Arriba El Dálmata es por tradición un perro de carruaje. No obstante, no es una buena idea ejercitar a su perro desde una bicicleta o desde un coche que vaya despacio.

¿Debería Jugar con Mi Perro?

Es natural para los perros jugar, e incluso los juegos que juegan de cachorro pueden ser el preludio de un trabajo o tarea. El cachorro que corre y coge una pelota está aprendiendo su primera lección de cómo cazar. Un juego de esconder y buscar puede ser el inicio del rastreo.

A los cachorros les gusta jugar juntos y, cuando hacen su lucha-juego aprenden lo que es el dominio y la sumisión. Aprenden que es posible luchar-jugar sin tener que recurrir a la agresión —y que un mordisco puede doler—. Cazan y saltan, aprendiendo una caza rudimentaria, y se abandonan en sus inofensivos juegos sexuales.

FORMAR EL CARÁCTER DE SU PERRO

El cachorro que se convierte en el compañero de una persona aislada e introvertida, que no juega con él, lo más normal será que se convierta en un perro serio con poco sentido del humor, al revés que el cachorro de un individuo que salga mucho, que será alegre y amigable como su dueño. Hay un dicho que dice: «sólo trabajo y no juego hace de Jack un niño serio». Uno también podría decir que, «sólo dormir sin jugar hace un perro apagado».

Los cachorros son muy movidos por naturaleza, inquisitivos y con ganas de jugar. Pero, de hecho, el carácter de un perro se forma en el momento en que está preparado para dejar el nido. El perro seguro, que sale a saludar a un visitante, está destinado a ser alegre, sin miedos; mientras que el chico tímido que se esconde en un rincón, normalmente pasará a ser un perro tímido y nervioso.

Arriba Los perros son unos compañeros excelentes para los niños. Jugar a la pelota es divertido para los dos, niño y perro. Para el segundo puede ser un primer paso para aprender a cazar. El joven dueño debería ser apoyado para que llevara su perro a clases donde aprendería a mezclarse con otros humanos y perros.

La orden del collar

• Desde el antiguo Egipto, pinturas y esculturas nos han mostrado a los perros llevando collares de distintos tipos. Una pintura mural en Pompeya nos muestra a un perro llevando un collar decorado con clavos; y un mosaico nos muestra a un perro encadenado, pero con un collar más sencillo.

• El primer coleccionista de collares parece haber sido Felipe II de España, que tenía un collar que había pertenecido al Duque de Burgundy (1342-1404). Era descrito en el inventario de sus posesiones de 1558 como bordado con perlas.

• Muchos collares de la época medieval llevaban largos pinchos que parecían crueles, pero en realidad era para proteger a los perros cuando luchaban con lobos u osos. Mucho más atractivo de contemplar es un largo collar de bronce inglés del final del XVIII; tiene inscrito:

Soy el perro de Mr. Pratt, King St.
Nr. Wokingham, Berks. ¿De quien eres tú?

¿SE MOSTRARÁ AGRESIVO?

El perro se comunica a través de las distintas posiciones de su cuerpo y expresiones faciales. Aquí están los cambios consecutivos de un estado normal a la sumisión.

Normal

dispuesto

presentación para el juego

solicitando el juego

sumisión

sumisión total

agresión

agresión miedosa

miedo

HAY ALGUNAS RAZAS que fueron criadas por su ferocidad y su instinto de guardianes, otras que fueron designadas como cazadoras, animales de compañía o para otros propósitos. Por eso es tan importante hacer la elección correcta.

Algunas razas aceptarán a otras razas dentro de su grupo social, y son gregarios con los perros que se encuentran, otras no. No obstante, es raro para un cachorro el no ser aceptado, aunque debería ser introducido poco a poco, preferiblemente en terreno neutral.

Está en el instinto del perro el guardar su territorio enfrente de los recién llegados, de ahí el término perro guardián, pero mientras, por ejemplo, un Setter Irlandés probablemente recibirá a un ladrón con un lamido y un movimiento de cola, un Bull Terrier habiéndole dejado entrar puede entonces mantener la guardia mientras el malhechor se queda en una silla.

COMPARAR CARACTERES

Aceptando entonces que un Cavalier King Charles Spaniel tiene un carácter distinto a un Rottweiler, y que no se heredan los defectos, un perro seleccionado cuidadosamente del grupo, llevado a la casa cuando es joven, y educado convenientemente, no debería ser agresivo.

No obstante es esencial, especialmente respecto a las razas de guardianes grandes, que no les dejemos hacer demasiado lo que quieran cuando son cachorros; se volverán contra su dueño cuando les imponga disciplina siendo adultos. La mayoría de los perros, debemos decirlo, sólo quieren complacer.

Arriba Esta lucha entre animales del siglo V a.C. es de un relieve griego pintado que se encuentra en el Museo Nacional de Atenas. Mientras que las luchas de hombres y perros fueron comunes en ciertas épocas, el hombre algunas veces teniendo un brazo atado a la espalda, no es corriente ver a dos hombres y dos perros en posición de lucha.

Izquierda Algunas veces un tribunal de justicia puede ordenar que se destruya un perro o que se le ponga bozal, si ha demostrado una ferocidad extrema. En algunos países un perro importado que no ha sido vacunado contra la rabia debe llevar bozal.

COMPORTAMIENTO ANTISOCIAL

Es IRÓNICO que mientras mucha gente quiere un perro por sus habilidades como guardián, que incluyen la habilidad para ladrar, nadie quiere un ladrador ruidoso que seguro nos traerá quejas de los vecinos.

Es normal que los perros den un aviso cuando llaman a la puerta, o cuando se oye un ruido en la noche. Algunos incluso dan un ladrido de placer jugando. No obstante, no se puede tolerar al ladrador incesante y podría incluso provocar una acción legal contra el dueño.

EL PERRO CANTANTE DEL CONGO

Algunas razas son más ruidosas que otras; los perros miniatura, por ejemplo, son mucho más ladradores —si se les deja hacer lo que quieran— así como algunos terriers pequeños, mientras que el Bulldog Francés es un tipo bastante silencioso, como el Basenji, el perro que no ladra del Congo, y que sólo emite una especie de sonido suave y bajo.

ENSÉÑALES A HABLAR

Así como es posible enseñar a un perro a «hablar» mostrándole un regalo, levantando un dedo de aviso se le puede hacer hablar «más bajo, más bajo»hasta que el susurro le dé el premio, también es posible prevenir a un perro de ladrar persistentemente en su vida diaria.

Derecha A pesar de que un perro puede ser apreciado porque ladrará a los intrusos, un perro que ladre persistentemente es una molestia. A los perros hay que enseñarles en una edad temprana a parar de ladrar cuando se les ordena.

Golpear la mesa con un periódico enrollado sorprenderá al perro y debería parar sus ladridos. Una orden vocal debería acompañar vuestra acción: por ejemplo, «NO».

Levanta una rodilla con cuidado contra el pecho de un perro grande es una buena manera de no dejarlo saltar.

Tirarle agua encima con una manguera puede ser efectivo. Esta medida se adopta algunas veces para parar las peleas de perros.

QUÉ HACER Y QUÉ NO HACER

Sí *Ate a su perro. Esto quiere decir que depositará los excrementos en el bordillo, y no en el camino, y que usted a continuación lo recogerá para ponerlo en un recipiente adecuado.*

Sí *Tome un seguro a terceros por si su perro causa un accidente en la calle, o quizás salte encima de alguien jugando, rompiendo su ropa, o causando otros daños.*

Sí *Encierre a su perro cuando tenga visitas a no ser que sepa que son amantes de los perros.*

No *Permita que su perro ladre, pensando que a sus vecinos no les importa. ¡Seguramente sí!.*

No *Permita que su perro salte encima de la gente. Pueden pensar que están siendo atacados. ¡Alguna gente tiene mucho miedo a los perros!*

Cuando el perro ladra, entre en la habitación con un periódico enrollado, dé un golpe fuerte en la mesa, y diga «¡NO !»con su mejor tono de reproche, añadiendo las palabras «chico malo»(o chica). Lo repentino del golpe debería sorprender al animal, que parará de ladrar. Una palmada con las manos tendrá generalmente el mismo resultado. Otra vez, un tono de reproche es muy importante. A los perros no les gusta caer en desgracia. Algunos, incluso, se irán y se pondrán mohínos cuando les riñamos.

COMPORTAMIENTO ANTISOCIAL

Como dueño de un perro, usted tiene la obligación moral, y en algunos casos, legal, de no permitirle molestar o angustiar a la otra gente, por ejemplo, ensuciando los caminos públicos o sus laterales, o incluso peor, la puerta o el jardín del vecino, usted tiene que recoger los excrementos ofensivos si ocurren accidentes.

UN RECIBIMIENTO MAL RECIBIDO

Alguna gente son muy amantes de los perros, a otros no les gustan nada y podrían interpretar un bullicioso y juguetón gesto de parte del perro, como correr alborotado a la puerta con su dueño, o saltar encima del visitante, como un ataque. Además, nadie quiere que un perro lleno de barro le salte encima. A menos que, sepa que al visitante le gustan mucho los perros, o que su perro no saltará a menos que se le invite a ello, siempre es mejor encerrar al perro en una perrera interior, o al menos en otra habitación, fuera de la vista, hasta que el visitante se va. Es mejor prevenir que curar.

Izquierda Este recogedor con mango largo es la manera más fácil de limpiar lo que deje el perro.

Abajo A los miembros de la familia que tiene al perro puede gustarles un recibimiento entusiasta, pero seguramente a los visitantes no. Y un perro que salta cuando sus patas están llenas de barro es una molestia para todos. A los cachorros habría que enseñarles que este comportamiento no siempre es apreciado.

PERROS Y VACACIONES

TENER UN PERRO no quiere decir que no se puedan tener vacaciones, pero sí quiere decir que hay que tomar las medidas necesarias para el cuidado del perro cada vez que decida tomarse un descanso, o incluso estar fuera quince días en un viaje de negocios.

Por supuesto, puede tener un vecino amante de los perros y de toda confianza que conoce a su perro y estará deseoso de tener al perro durante el período necesario. O su criador puede estar más que deseoso de alojarlo.

ESCOGER UNA BUENA PERRERA DE ALQUILER

Lo más seguro es que tenga que pensar en meter a su perro en una perrera de alquiler. Su veterinario debería poder aconsejarle algún establecimiento en su área. Las tiendas de animales y los otros propietarios de perros

Izquierda Algunos dueños creen que es más agradable dejar a su perro con un amigo, pero siempre existirá el riesgo de que se escape, lo que es más difícil si lo metemos en una buena y segura perrera.

Arriba La mayoría de los exhibidores de razas pequeñas usan cajas o canastas de viaje para transportarlos con seguridad. Por supuesto, el perro tiene que salir a intervalos regulares para desahogarse.

COMPRUEBE

• *Asegúrese de que su perro tendrá su propia perrera, y de que existe una calefacción adecuada, especialmente si es una raza de pelo corto.*
• *Pregunte por el ejercicio. Es preferible que cada perro lo haga por separado, pero en algunos casos un ayudante de la perrera sacará a varios perros a la vez de paseo.*
• *Normalmente se paga por día. A menudo esto se basa en la talla del perro, p.e. miniaturas, pequeños, medianos, grandes, pero algunas veces es una cifra estándar sin tener en cuenta el tamaño.*

también pueden generalmente darle una buena información, y las bibliotecas públicas, las páginas amarillas y su club canino.

Como los hoteles populares, las buenas perreras de alquiler están reservadas con antelación, por lo que es recomendable hacer su reserva tan pronto como tenga hechos sus planes.

Un establecimiento respetable esperará que usted pruebe que su perro ha sido vacunado contra las enfermedades que matan, como el moquillo, leptospirosis, hepatitis infecciosa y parvo virus. Muchos ahora también piden un certificado de vacunación contra la tos de la perrera. Pero no se ofenda. No querrá que su perro coja una enfermedad seria mientras lo deja a su cuidado. También le pedirán el nombre, dirección y número de teléfono de su veterinario, un número de contacto para usted durante su ausencia, y

Izquierda Hay que mantener a los perros bajo control dentro del coche. Si no puede poner un apartado fijo para el perro en su coche, use un arnés de perro, el cual se puede conseguir de la mayoría de las tiendas de animales.

Abajo Hay muchos campings y parques de caravanas que admiten perros que sepan comportarse. Es recomendable comprobarlo antes, incluso si el sitio elegido admite perros, ya que pueden haber excedido su cuota.

detalles de la dieta habitual de su perro y de cualquier medicación especial.

Debería pedirle al propietario que le enseñe donde dormirá su perro y preguntarle cómo lo ejercitan. Idealmente, los perros deberían tener perreras y paseos individuales, además de alguna forma de calefacción.

Pregunte sobre las canastas, mantitas y juguetes. Algunas perreras piden a los propietarios que traigan las pertenencias del perro, otras prefieren no tener esta responsabilidad.

Si su intención es meter a su perro durante varias semanas, puede ser aconsejable meterlo un fin de semana antes, para que se acostumbre a las rutinas, y se de cuenta de que no ha sido abandonado.

VAMOS DE VIAJE

Por supuesto que mucha gente se lleva sus perros de vacaciones con ellos (no al extranjero, claro). Hay hoteles, especialmente en el campo, que aceptan animales. Las guías de hoteles y de carreteras normalmente nos indican si existe esta posibilidad. De cualquier manera es mejor comprobarlo con el director del hotel cuando hagamos nuestras reservas en lugar de llegar a la puerta con, posiblemente, un Gran Danés.

Cuando los perros son aceptados en los hoteles, lo normal es que duerman en la habitación de su dueño, pero no los pueden acompañar a ningún salón o habitación común donde se sirva comida.

Algunos campings aceptan perros que sepan comportarse, especialmente si se les lleva con correa.

VACUNACIÓN Y CUIDADOS SANITARIOS

AÚN HAY QUIEN SE ACUERDA de cuando las posibilidades de vida de un cachorro eran muy pocas, debido al azote del moquillo. Hoy en día, y debido a los avances hechos por la ciencia veterinaria, los riesgos han sido prácticamente eliminados. Aún así, la probabilidad de que un cachorro enferme de moquillo o de otra enfermedad mortal aún existe, y sería una locura no vacunar a su cachorro contra ellas.

La edad en que los veterinarios prefieren vacunar a los cachorros puede variar ligeramente. En general, la primera vacuna se les pone cuando tienen alrededor de ocho semanas, con una continuación cuatro semanas más tarde. Bajo ningún concepto deberíamos llevar al perro a pasear por pavimento, o a mezclarse con otros perros, hasta que la segunda vacuna haya tenido tiempo de hacer efecto.

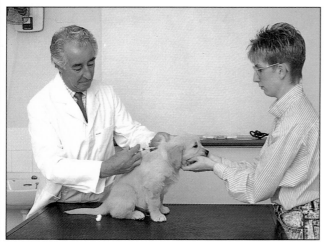

REGISTRO DE VACUNACIONES

Es costumbre, que una vez vacunado el cachorro, el veterinario nos dé, al dueño, una tarjeta de registro, donde están escritos el nombre del cachorro, raza, sexo y edad; también, el tipo y dosis de vacuna que se le ha puesto. Puede que le envíen un recordatorio a los doce meses, invitándole a llevar a su perro al veterinario para ponerlo al día de vacunas. En cualquier caso, como se ha dicho anteriormente, necesitará probar que está al día de vacunaciones si lo va a meter en una perrera de alquiler.

Durante las primeras semanas después de su nacimiento, los cachorros están protegidos por los anticuerpos que reciben en la leche materna —esto es conocido como «inmunidad derivada de la madre»—. No obstante la protección cesa bastante rápido y, a partir de entonces, el cachorro puede enfermar de cualquiera de las

AVISO GUSANOS

Toxocara canis es el gusano común que depositan los perros infectados. Si la larva resultante viaja a través del cuerpo humano —por ejemplo, cuando un niño ha tocado heces de perro mientras jugaba con la tierra, y a continuación se ha metido los dedos en la boca— el resultado puede ser extremadamente peligroso. De ahí, la gran necesidad de que los cachorros, y todos los perros, sean tratados con regularidad.

Arriba *Hasta que las vacunas que le ponemos al cachorro no hayan tenido tiempo de actuar, es recomendable que el dueño se quite y desinfecte los zapatos cuando llegue a su casa, para minimizar el riesgo de infección. Se puede ejercitar al cachorro en un jardín o patio.*

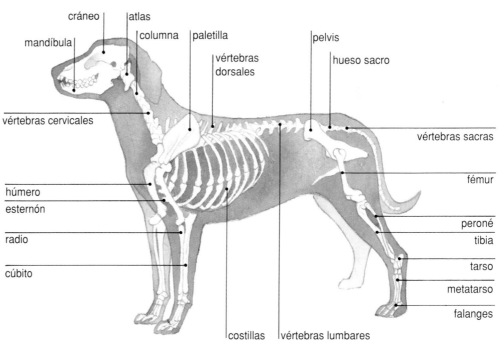

cráneo · atlas · columna · paletilla · pelvis

mandíbula · vértebras dorsales · vértebras · hueso sacro

vértebras cervicales

vértebras sacras

húmero · fémur

esternón · peroné

radio · tibia

cúbito · tarso · metatarso · falanges

costillas · vértebras lumbares

enfermedades mortales; es por esto que la vacunación es tan importante.

Las vacunas que su veterinario le administra no le protegerán solamente del moquillo sino también de:

• **Parvo Virus** esta enfermedad relativamente nueva fue registrada por primera vez en 1977. En verano de 1978 se había extendido muchísimo con grandes brotes en Canadá y Australia. Al Reino Unido llegó por primera vez en 1979.

Parvo toma dos formas —miocarditis o inflamación del músculo del corazón en los cachorros hasta ocho semanas, y una severa gastroenteritis o inflamación del estómago e intestinos desde las cinco semanas hasta la edad adulta—. El porcentaje de mortalidad puede ser tan alto como un

1 Cuando le dé una pastilla, asegúrese de que se la traga. A menudo los perros la esconden en la boca y luego la escupen.

2 Acaricie el cuello del perro hacía abajo y anímele a que se la trague. Hay dueños de perros que, a menudo, la esconden en una golosina, como un trozo de queso.

FATAL PARA PERROS Y HUMANOS

La enfermedad mortal leptospirosis es causada por uno o dos microorganismos. La enfermedad se extiende por bacterias en la orina —las farolas son una seria fuente de infección—. Una forma de leptospirosis se contrae generalmente de las ratas y bajo el nombre de enfermedad de Weil puede afectar a los humanos.

100% en los cachorros jóvenes, que se reduce a alrededor de un 10% en los cachorros más mayores y tan solo un 1% en los perros adultos.

Los cachorros que sobreviven a la miocarditis se quedan frecuentemente con una lesión en el corazón y pueden morir prematuramente mientras que los sobrevivientes de la gastroenteritis pueden no recuperarse en mucho tiempo debido a la mala condición de su intestino.

• **El moquill**o lo causa un virus que puede atacar prácticamente todos los tejidos del cuerpo de un perro.

• **La hepatitis vírica** puede dañar el hígado, riñones y ojos. Puede también ser la responsable de infección respiratoria.

• **La leptospirosis** daña los riñones y el hígado.

Puede ver la extrema importancia no sólo de vacunar a su cachorro sino de revacunarlo siempre en las fechas indicadas.

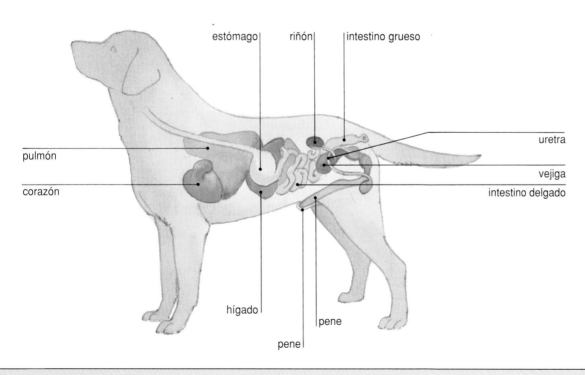

estómago | riñón | intestino grueso

uretra

pulmón

vejiga

corazón | intestino delgado

hígado

pene

pene

ENFERMEDADES CANINAS

AFECCIÓN	SÍNTOMAS	ACCIÓN
Glándulas anales	El perro se rascará la parte de atrás en el suelo mostrando signos obvios de irritación.	Los perros tienen pequeñas glándulas olorosas en cada lado del ano. Si se llenan demasiado causan irritación y, si no se vacían, se pueden desarrollar llagas. El vaciado de las glándulas anales puede hacerse por el dueño del perro una vez que el veterinario le haya mostrado la manera correcta.
Mal aliento	Ver gusanos (podría ser un problema de estómago).	Hay pastillas disponibles.
Pata rota	–	Llame al veterinario rápidamente. No le dé nada por la boca. Mueva al perro lo menos posible e intente inmovilizar la pata rota, por ejemplo, atándola a la otra en la parte opuesta del cuerpo.
Canker (enfermedades del oído)	Sacude la cabeza continuamente y se rasca contra el suelo y los muebles.	Canker es el nombre que aplicamos normalmente a todos los tipos de infecciones en las oídos como resultado de una acumulación de cera debida a la suciedad o a los ácaros. Algunas veces se detecta por el mal olor que la acompaña. Hay varias preparaciones disponibles, pero primero hay que buscar la causa del problema consultando a su veterinario. El aceite de oliva caliente actúa como un agente limpiador. Podría perfectamente solucionar el problema.
Atragantamiento	El perro puede intentar vomitar o arrancarse algo de la boca con su pata.	Hay que abrir la boca del perro y sacar el cuerpo extraño —un trozo de hueso o algo que masticaba se puede haber quedado atravesado en la parte de arriba de su boca—. En algunos casos, puede ser necesaria la anestesia general; consulte con su veterinario.
Colapso	El perro se echará encima de su estómago y no querrá levantarse. Puede respirar pesadamente.	Llame al veterinario lo antes posible. Mientras, lleve al paciente a un colchón o manta y manténgalo caliente. Lávele la boca con glucosa, o agua azucarada. No lo fuerce a tragar. No le permita estar echado en el mismo lado por más de veinte minutos.
Corte en el pie	El pie empieza a sangrar de golpe, con o sin cojera. Esto pasa a menudo en las playas, y cuando nadan en estanques donde hay cristales rotos. Cuando se le rompa una uña cerca de su base, tendremos síntomas similares.	Si sangra mucho, ponerle una gasa o algodón y una venda alrededor con una presión igual por todo el pie. Tenga cuidado no doble una uña rota. Lleve al perro al veterinario para cualquier tratamiento que necesite. No use nunca una banda elástica u otros materiales que hagan presión.
Diabetes	Aumenta la sed y el apetito y pierde peso.	Póngase en contacto con su veterinario. Puede tener que aprender cómo darle a su perro inyecciones diarias de insulina.
Diarrea (fuerte)	Muy suelta puede contener sangre; puede estar acompañada por vómitos y debilidad en las patas.	No le dé de comer y manténgalo caliente. Humedezca su boca y encías con una solución de glucosa o azúcar en 1 pinta de agua. Llame al veterinario para que le aconseje.
Dolor de oído	El perro se rascará la oreja u orejas, y puede aguantar su cabeza ladeada y sacudirla.	Puede tener una semilla en el oído. Póngase en contacto con su veterinario. Mientras no ponga nada en el oído del perro. Es fácil que los dueños hagan un diagnóstico equivocado; es mejor esperar un tratamiento profesional.
Eczema	Puede ser seco o húmedo. Una roncha puede aparecer en el manto del perro haciendo que se la rasque y muerda.	Las causas van de una dieta deficitaria a un desorden hormonal. El veterinario puede probar distintos tratamientos, desde la aplicación de cremas a un tratamiento con inyecciones, antes de solucionar el problema.
Ataques	Repentinos movimientos espasmódicos, a menudo con movimiento de las mandíbulas; normalmente, con salivación. El perro puede caerse a un lado. Los músculos de encima de su cabeza y del cuello pueden contraerse violentamente.	Quítele el collar, si le aprieta. Asegúrese de que el perro no puede autolesionarse, por ejemplo, en una chimenea. Asegúrese de que puede respirar manteniendo su cabeza y cuello extendidos si es necesario. Manténgalo en una habitación oscura y tranquila hasta que consiga ayuda, y evite cualquier sonido repentino, el timbre de la puerta, el golpe de una puerta, etc. La mayoría de los ataques pasan bastante rápido. Busque el consejo del veterinario tan pronto como pueda.
Pulgas	Se rasca. Pelo en malas condiciones.	Hay cuatro tipos comunes de parásitos externos: piojos y sus huevos (liendres), que se encuentran casi siempre en la cabeza del perro; y pulgas, garrapatas y ácaros, que pueden encontrarse en su cuerpo. Hay tratamientos disponibles en la forma de champús especiales, polvos y aerosoles. Las pulgas son marrones y se detectan fácilmente en el pelaje del perro. Dejan sus excrementos, no sus huevos, en el pelo del perro.
Semillas	Ver dolor de oídos.	La semilla puede encontrar el camino hasta el canal auditivo, y debería sacarla un veterinario. Compruebe que las semillas —y otras cosas, como el chicle— no se quedan en las patas.

AFECCIÓN	SÍNTOMAS	ACCIÓN
Ataque al corazón	Normalmente es evidente. A menudo ocurre cuando hace calor a continuación del ejercicio, especialmente en el caso de perro viejos —y de nariz chata—.	Acomode al perro en su lado derecho con la cabeza y el cuello extendidos. Abra las puertas y ventanas para conseguir cuanto más aire fresco mejor. Si la lengua se vuelve azulada, o se interrumpe la respiración, masajee el corazón vigorosamente. Obtenga ayuda del veterinario inmediatamente.
Apoplejía	Problemas respiratorios y molestias notables.	Los propietarios de razas de nariz chata, que son particularmente susceptibles de tener un problema con el calor, no deberían viajar nunca sin toallas húmedas para envolver al perro y sin hielo o agua helada. Esta última para aplicarla a la cabeza del perro. CUIDADO: Nunca deje a un perro en el coche sin mucha ventilación.
Incontinencia	Imposibilidad del perro para contenerse durante un período de tiempo normal.	Esto normalmente es señal de un fallo en los riñones cuando el perro se acerca a la vejez. Se le puede ayudar con medicación.
Ojo en mal estado	Un ojo aparece muy irritado, o lo mantiene cerrado.	Busque, y sáque con cuidado, cualquier objeto extraño, como una brizna de hierba. Esto se puede hacer lavándolo con agua limpia, templada arrastrando así el cuerpo extraño. Mantenga al paciente en semi-oscuridad. Llévelo al veterinario para el tratamiento. Si no puede hacerlo enseguida, ponga una gota de parafina médica o aceite de oliva en el ojo como cura de urgencia y no deje que el perro se rasque el ojo con sus patas, o contra los muebles.
Tos de las perreras	Tos persistente, normalmente después de una temporada en una perrera de alquiler.	Raramente grave. La prevención es mejor que la cura, ya que se puede vacunar al perro por administración intranasal o una pequeña dosis de Intrac, usando un aplicador diseñado especialmente. Los antibióticos suelen ayudar cuando ya lo tienen.
Cojear	–	Podría ser el resultado de algo clavado en la pata, de un corte, de un tirón muscular o un ligamento; O, incluso, en el caso de un animal más viejo, artritis o reumatismo. No le deje moverse hasta que lo haya examinado el veterinario.
Sarna	Ronchas de aspecto desagradable.	Hay distintos tipos de sarna: sarcótica, demodéctica y otodéctica, que afecta al oído. La producen los ácaros que se entierran en las raíces del pelo del perro. Es muy contagiosa y puede contagiarse no sólo de perro a perro, sino también a los humanos. Nunca se dice demasiado la necesidad de lavarse las manos después de poner el ungüento al perro. Es curable, pero deberíamos dejar que el veterinario nos aconsejara el tratamiento adecuado.
Embarazo no deseado	Es obvio: su perra está embarazada accidentalmente.	Su veterinario puede ponerle una inyección en las próximas 48 horas, pero preferentemente en las 24 horas, para prevenir que su perra tenga bebés.
Envenenamiento	Puede ser una molestia muy fuerte y repentina, postración o movimientos musculares violentos.	Hay muchos agentes que pueden producirlo, incluso el veneno para babosas. Si vemos al perro tragando un veneno conocido, hay que inducirle el vómito haciéndole tragar una solución de sal (una cucharilla de sal por un vaso de agua para un perro de talla media). Dele leche si la sustancia que ha tragado es corrosiva. Nunca haga esto más de una vez. Busque el consejo de su veterinario rápidamente, llevándose lo que quede del veneno, si es conocido.
Accidente	Puede presenciar el accidente o su perro puede volver herido o cojeando.	Inmovilice a su perro si es necesario para que no se haga más daño y apártelo de la calzada. Tenga cuidado con las caderas si están dañadas. Ponga una compresa fría usando algodón mojado o gasas en cualquier punto obvio que esté sangrando, pero, por encima de todo, mantenga al perro caliente y cómodo. Contacte con su veterinario tan rápido como pueda.
Shock		Lleve al paciente al veterinario lo más rápido que pueda. No le dé nunca nada por la boca a un perro inconsciente —podría atragantarse y morir—.
Fiebre		La mejor manera de tomarle la temperatura al perro es insertar el termómetro alrededor de 5 cm, (2 in) en el recto. La temperatura normal es de 38,9ºC (101,5ºF). Una temperatura demasiado baja en un perro es algo serio. Llame al veterinario.
Gusanos	Mal aliento, manto en malas condiciones, voraz, barrigón.	Hay varios tipos de gusanos: vermes, tenia, anquilostoma, filaria y en algunos países gusanos del corazón. No obstante el más común es el toxacara canis, que tienen mucho los cachorros y perras antes y después del embarazo. En esta época el veterinario suele recomendar darles el vermífugo cada dos semanas. Normalmente, no obstante, se recomienda por los veterinarios el darlo a intervalos de entre 3 y 6 meses. Muchos ofrecerán un vermífugo cuando se les lleva un perro para revacunación.

¿DEBERÍA CASTRAR A MI PERRO?

LA HEMBRA ESTÁ EN CELO dos veces al año; el primer celo ocurre cuando tiene alrededor de seis meses, y dura como media tres semanas.

Durante el celo, la hembra resulta atractiva a los machos. No obstante, desde el inicio suele estar dispuesta para el apareamiento entre el décimo y treceavo día pero esto puede variar algunos días. Durante esta época la hembra, normalmente tranquila, se vuelve una sirena del sexo que adoptará cualquier truco en el libro para escaparse y encontrar pareja sin importarle la raza, mientras que su propietario puede desesperarse

MILLONES SIN HOGAR

Se estima que nacen en Estados Unidos nacen alrededor de 10.000 perros y gatos por hora. Es un problema a gran escala que subraya la American Society for the Prevention of Cruelty to Animals (ASPCA): «Incluso si cada familia cogiera uno de estos animales en su casa, cada hogar americano estaría lleno en tres años».

viendo a todos los perros esperando alrededor de la casa..

Los dueños responsables vigilan bien a su perra cuando está en celo, manteniéndola estrictamente apartada de sus admiradores machos, excepto en el caso de un apareamiento planificado. Mucha gente tiene una hembra sin castrar, pero hay que ser conscientes de la vigilancia extrema necesaria.

ESTERILIZAR A LAS PERRAS

Castrar a la hembra, conocido como «spaying», es el equivalente canino de la histerectomía. La perra que ha sido operada no vuelve a ponerse en celo, no puede tener cachorros, y no tendrá embarazos imaginarios. Es un paso lógico a tomar si no quiere criar con su perra o si es muy difícil tratarla cuando está en celo.

También, a menos que su perra sea de una camada muy buena y crea que habrá una demanda para sus cachorros, es bueno acordarse de la gran cantidad de cachorros que, estarán destinados a unirse a los numerosos perros sin hogar.

Esta operación, no obstante, no es una decisión que pueda tomarse a la ligera, y una vez operada es irreversible.

La castración del perro macho no es tan frecuente, pero la recomiendan algunas veces los veterinarios, especialmente en los casos de agresión, de perros super-ardientes, y de aquellos que comparten su casa con perras.

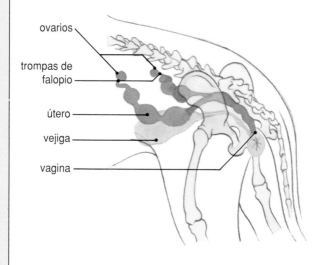

ovarios
trompas de falopio
útero
vejiga
vagina

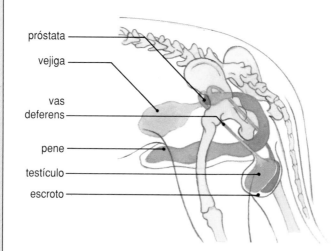

próstata
vejiga
vas deferens
pene
testículo
escroto

Arriba a la izquierda La castración de la perra implica quitarle a la perra todos sus órganos reproductivos. Un método alternativo es darle a la perra progesterona. Esta hormona previene la ovulación.

Izquierda La castración —quitar los testículos a un perro macho— no suele hacerse. Algunos propietarios piensan que es un remedio fácil cuando un perro adolescente muestra los primeros signos de sexualidad.

¿QUÉ PASA SI QUIERO CRIAR?

SI PIENSA EN CRIAR con la sola idea de hacer dinero fácil, el consejo inmediato es «¡olvídelo!». Muy poca gente hace lo suficiente para vivir solo criando perros. Aquellos que lo hacen, normalmente, tienen muchos años a la espalda de experiencia exhibiendo. Ahora probablemente estén especializados en varios tipos, y a menudo tienen también perreras de alquiler.

La mayor parte de los criadores de perros lo hacen por afición, les encanta exhibir e intentan producir el espécimen ideal de su raza, con pocas ganancias financieras a la vista, como no sea recuperar con su actividad de criadores lo que han gastado en el veterinario, en las entradas a exhibiciones, y los gastos de viajes que no son pocos si uno se da cuenta que las exhibiciones de campeonato pueden ser a lo ancho y largo del país. Hay pocos fines de semana en la temporada de exhibiciones en lo que estos exhibidores no están en la carretera a primeras horas de la mañana cuando la mayoría de la gente están arropados en sus camas.

Si, no obstante, está determinado a criar, es recomendable, no sólo tener unos cuantos años de experiencia en las exposiciones, sino invertir a partir de ahí en la mejor hembra que pueda pagar. Una perra de clase «animal de compañía»producirá solo una camada de «animales de compañía». Puede decir que no puede pagar ese precio, pero es mucho mejor esperar al momento adecuado e intentar conseguir una perra joven y prometedora de un linaje de ganadores, y a continuación aparearla con un perro que haya demostrado algo en las exposiciones. Posiblemente podrá quedarse con un cachorro hembra de su primera o segunda camada, y gradualmente ir construyendo sus actividades como criador de esta manera.

PISTAS PARA LOS CRIADORES

• *Generalmente las razas miniaturas tienen pequeñas camadas de alrededor de cuatro cachorros comparadas con las razas grandes, como el Setter Irlandés y el Golden Retriever, que pueden tener siete cachorros o más. No hay estrictas reglas establecidas y algunos creen que el día del apareamiento puede determinar el número de cachorros en una camada.*

• *El criador novato sería aconsejable que se alejara de las razas con cabezas grandes (como el Bulldog Francés, el Pequinés, los Terriers de Boston) ya que tenderán más que otras a necesitar cesárea en el parto.*

• *Golden Retrievers, West Highland White Terriers, y Spaniel Cavalier King Charles son tres razas escogidas a menudo por los que aspiran a criar perros.*

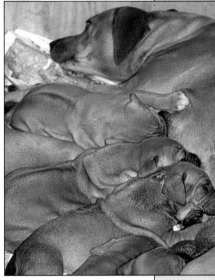

Derecha Esta familia de Ridgebacks de Rodesia nos muestran la gran calidad de muchas razas europeas mezcladas con el perro cazador Hotentote. Nótese en la arruga que va de detrás del hombro a la pata.

1 Es normal llevar a la perra, cuando está preparada para aparearse, al perro semental. Si el tiempo lo permite, es bueno que tengan un rato para correr juntos y conocerse un poco antes del apareamiento.

2 Los perros normalmente se aparean sin asistencia humana, aunque no siempre. Cuando se ayuda en el apareamiento de razas grandes, alguien aguanta a la perra con su rodilla y guía al perro, con la perra firmemente sujetada por su dueño. Con las razas pequeñas, se prefiere una perra grande. Al perro se le coloca encima de un ladrillo para que alcance la altura requerida.

3 Después del apareamiento los perros se quedarán unidos. Pero se separarán eventualmente de una forma natural. La unión no es siempre necesaria para un apareamiento con éxito.

57

La Perra Embarazada

NO ES FÁCIL después de las primeras semanas del apareamiento determinar si su perra está embarazada. Incluso para el veterinario, sería difícil notar los pequeños fetos de menos de cuatro semanas.

No obstante a partir de la quinta semana, antes de la cual la perra puede haber llevado la camada en la caja torácica, notará ciertos cambios: las tetas empezarán a agrandarse y volverse más rosadas, puede parecer glotona con la comida y en general parecerá más cariñosa y maternal.

En este momento, la perra necesita un tercio más de comida de lo normal, lo cual debería ser casi todo proteína. No la llene de comidas con mucha fécula o cogerá demasiado peso.

No hay que olvidar ahora el ejercicio diario hasta que le moleste. Es bueno para la perra mantener sus músculos

activos —también es bueno el ejercicio suave después del parto para ayudarla a recuperar la figura—.

Cuando la perra llegue a la séptima semana de embarazo, le bajará la tripa y notaremos el bulto, bajo, en su cuerpo. Ahora puede que disminuya el apetito por la reducción de espacio en el abdomen, usted puede ayudarla, dándole la comida en tres o cuatro porciones más pequeñas en lugar de una grande. Este preparado a soportar a la perra si descuida sus, normalmente fastidiosos, hábitos de limpieza. Esto ocurre también por la presión en el abdomen. Todo volverá a la normalidad después del parto.

LA CAJA PARA PARIR

Acuérdese de que los cachorros vendrán al mundo desde un ambiente mucho más caliente. Por lo tanto, la caja para parir con el suelo cubierto de papel de periódicos, debería colocarse donde haya una calefacción constante. Es importante, especialmente en el caso de los perros miniatura, que la temperatura en el momento del nacimiento sea de alrededor de 27ºC (80ºF) y de que no baje a menos de 21ºC (70ºF) durante las primeras tres semanas de la vida de los cachorros.

Izquierda El Gran Danés es una raza que necesita calor y que, a pesar de su tamaño, el parto se desarrolla a menudo en un rincón caliente de la cocina. Si está pensando en tener esta raza, recuerde que son muy caros de alimentar.

LISTA

¿Qué necesitará llevar a la maternidad?
- *Mantas lavables, preferentemente del tipo de piel de cordero sintética.*
- *Periódicos.*
- *Un rollo de servilletas de papel.*
- *Tijeras.*
- *Algodón.*
- *Biberón —puede tener que alimentar a los cachorros—.*
- *Toalla.*
- *Reloj, para saber el tiempo entre los nacimientos.*
- *Bolígrafo.*
- *Papel.*
- *El teléfono de su veterinario.*

NOTA: El tiempo medio entre el primer y el segundo cachorro suele ser de 20-40 minutos, siendo la media de unos 30 minutos entre nacimientos. Sí todos los cachorros no han salido en tres horas desde el principio del parto, o si la perra está inquieta, llame a su veterinario inmediatamente. ¡Le tenía que haber avisado de que ya había llegado el momento del parto!

El Destete y Encontrar una Nueva Casa

La perra alimentará a sus cachorros y limpiará lo que ellos ensucien durante las cuatro primeras semanas. No obstante, en este momento —a veces antes si no es una perra muy maternal— querrá volver a su vida normal. Ella ya ha hecho su trabajo y ahora empieza el de usted.

Puede empezar el destete encerrando a la perra separada de los cachorros unas horas todos los días, hasta que sólo pase la noche con los cachorros.

Los cachorros deberían ser totalmente independientes para cuando tengan seis semanas, pero aún son bastante jóvenes para ir a nuevos hogares. Es recomendable esperar ocho o mejor diez semanas.

Hoy en día, con comida preparada para los cachorros en el mercado, el destete es considerablemente más fácil. No obstante, cualquier comida de bebes, añadiéndole glucosa es un excelente inicio para hacer lamer a los cachorros. Meta un dedo en el cuenco y déjeles chuparlo. Pronto cogerán la idea.

Hay preparaciones formuladas a partir de leche desnatada para igualarse lo más posible a la leche de la perra y éstas son también recomendables. También son buenas para la propia perra antes del destete.

Una vez que los cachorros están tomando sus comidas de leche, puede introducir ternera picada sin grasa, cruda o preferiblemente poco cocida. Asegúrese de que han superado el destete y que toman sus dos comidas de leche al día y sus dos comidas de carne antes de que pasen a tener nuevos dueños.

No es fácil, aunque pueda pensarlo, encontrar nuevos hogares para los cachorros. Puede, por supuesto, poner un anuncio en su periódico local y anuncios en las tiendas. Es mucho mejor, no obstante, intentar reservarlos a través del club de su raza o de las revistas especializadas tan pronto como su perra este preñada, y anunciar al veterinario la próxima llegada. Él puede conocer a alguien que este buscando a un cachorro —quizás alguien que acabe de perder a un antiguo compañero canino—.

No olvide darles a los compradores un gráfico de comidas junto con los Certificados de Pedigrí y de cambio de dueño, y quizás una pequeña nota pidiéndole al comprador que devuelva al cachorro si resulta no ser adecuado. Seguro que es mejor que vuelva a usted para que le busque otro hogar que terminar, por alguna razón, en el depósito. También tiene que darle las fechas en que se les dió el vermífugo a los cachorros y la cartilla de vacunación si ya les administraron la(s) primera(s) vacuna(s).

Algunas veces los criadores toman un seguro para cubrir los gastos veterinarios durante los primeros meses de la vida del cachorro; habría que darle todos los detalles al comprador en caso de reclamación a la compañía aseguradora o por si quieren renovarlo cuando expire.

Izquierda Los Setters Irlandeses tienen a menudo grandes camadas. Antes de que los cachorros pasen a sus nuevos amos, el criador tiene que asegurarse de que los cachorros puedan tomar comidas de leche y carne.

Arriba El cachorro más mayor siempre intentará coger la porción del león. Es importante asegurarnos de que todos tienen su ración.

Aviso Gusanos

A los cachorros hay que darles el vermífugo a las cinco semanas, y otra vez, a las siete semanas. Los adultos deberían tomarlo a intervalos de seis meses.

¿Hasta Cuándo Vivirá Mi Perro?

Los perros, como la gente, están sujetos a las enfermedades y a los accidentes. Igual que un miembro de una familia humana puede vivir más que sus hermanos y hermanas, el miembro de una camada puede tener una vida más corta, o más larga, que sus compañeros.

En general, la vida de un perro es de unos doce años. Con los adelantos en veterinaria, algunos están viviendo unos años más. Hay, no obstante, razas que se conocen por su longevidad o al revés.

El Gran Danés, por ejemplo, raramente pasa de los siete a nueve años, como el Bulldog. Caniches, Terriers de Yorkshire, Chihuahuas, Schipperkes y Terriers pequeños, por otro lado, a menudo, viven bien pasados los diez.

También encontrará muy a menudo, que el perro cuyos padres y abuelos han vivido hasta una edad muy avanzada, probablemente el también lo hará.

Ojo por ojo

El perro guía que estuvo en servicio más tiempo en Inglaterra fue Emma, un Labrador negro que pertenecía a Sheila Hocken de Stapleford, Nottinghanshire, que más tarde escribió un best-seller (Emma y yo) sobre su perro guía. Emma había realizado su trabajo durante once años cuando, asombrosamente, Sheila (que había nacido ciega) volvió a ver tras una operación. No mucho más tarde, Emma desarrollo cataratas y cuando su vista falló cambiaron los papeles, Sheila Hocking guiaba a su fiel perro. Emma murió a la edad madura de 17 años en noviembre de 1981, teniendo la distinción de ser el perro guía más mayor conocido.

Izquierda El Bulldog es un compañero delicioso, tristemente, rara vez vive más allá de los 8 o 9 años. Su capacidad de andar es de alrededor de 1/2 milla. Nunca debería hacer ejercicio cuando hace calor.

Abajo El alegre Terrier de Yorkshire puede vivir muy bien pasados los diez. Este perro de exposición está lejos de los Yorkies que se rebelan llenándose de barro.

Mantenerle abrigado y bien

• *Los perros viejos al igual que la gente, notan el frío. Asegúrese de que tiene una calefacción adecuada.*
• *A los perros miniatura, y todos los de manto corto, les beneficia la protección de un abrigo cuando salen a ejercitarse en invierno.*

CUIDADOS PARA EL PERRO VIEJO

OTRA VEZ, AL IGUAL QUE LOS HUMANOS, los órganos del perro se estropean con la edad —sufre de fallos en el corazón riñones e hígado—.

Gracias a las técnicas veterinarias no hay razón para pensar que cuando un perro mayor empieza a enfermar, la muerte es inminente. Lo que es importante, es que cualquier debilidad sea detectada a tiempo para que el tratamiento sea efectivo.

El oído y la vista del perro pueden, por ejemplo, empezar lentamente a deteriorarse a partir de los ocho años, y es a partir de este tiempo, cuando los exámenes regulares de su veterinario son más necesarios que nunca.

Por ejemplo, una ligera tos a la que no damos importancia podría ser un síntoma de algo en el corazón, que cogido a tiempo, podría permitir a su animal de compañía, con medicación, vivir hasta una edad avanzada.

Porque su perro esté envejeciendo no es necesario cambiar su rutina drásticamente; sí, por ejemplo, han paseado juntos todos los días a ciertas horas, continúe haciéndolo, pero reduzca la duración de los paseos. Igualmente, puede darse cuenta de que su perro va mejor con dos comidas al día que con una más cuantiosa.

Siempre pienso que tener un perro viejo al que hay que cuidar, es muy parecido a cuidar un cachorro otra vez. Un perro siempre necesita a su amo, pero la dependencia de cuando es un cachorro se pronuncia más en la vejez.

Arriba *Los perros son un gran consuelo para los mayores. A menudo son lo que les queda de un compañero perdido. A partir de los ocho años exámenes regulares deberían permitir al veterinario encontrar cualquier desarreglo y poder tomar las acciones necesarias para prolongar la vida del animal.*

ENVEJECIENDO JUNTOS

• *¿Debería tener un perro una persona mayor?, ¿y si fallecen antes que el perro? Esta es una cuestión con la que a menudo nos encontramos, especialmente en el caso de ancianos solitarios, que viven solos y les encantaría tener un compañero canino.*

• *Obviamente no es un buen consejo el que una persona mayor frágil, tenga un perro grande. Pero no hay ninguna razón por la que no pueda tener un animal de compañía siempre que se tomen las medidas necesarias con antelación para el bienestar del perro, en caso de que ocurra la muerte de su dueño.*

• *Hable con el criador en el momento de la compra. Quizás estén de acuerdo en que les devuelvan el perro. Seguro que le podrán dar la dirección de la sociedad de la raza en cuestión. También hay varios centros de caridad que cuidaran del animal durante el resto de su vida natural a cambio de un legado, o una suscripción de por vida.*

RAZAS DE PERROS

INTRODUCCIÓN A LAS RAZAS DEL MUNDO

DESDE LOS TIEMPOS en que se domesticó al perro por primera vez, han sido criados selectivamente por los humanos con distintos propósitos, tales como cazar, hacer de pastor o de guardián. En tiempos más recientes han sido criados gradualmente para tareas más especializadas, llevando a la gran diversidad de razas de perros reconocidas actualmente.

En la siguiente descripción de razas, se da información sobre el origen y desarrollo de cada raza, junto con sus características y temperamento, tamaños aceptables y variedades de color.

AFGANISTÁN

- Galgo afgano

AUSTRALIA

- Pastor australiano
- Silky australiano
- Terrier australiano
- Kelpie

AUSTRIA

- Sabueso austríaco de pelo duro
- Sabueso austríaco
- Pinscher austríaco de pelo corto
- Sabueso tirolés

BÉLGICA

- Pastores belgas (Groenendael, Malinois, Tervueren, Lae Kenois)
- Boyero de las ardenas
- Boyero de Flandes (Bélgica-Francia)
- Grifón Brabançon
- Grifón bruxellois
- Schipperke
- St. Hubert bloodhound

BRASIL

- Perro guardián brasileño
- Rastreador brasileño

CANADA

- Perro esquimal
- Landseer
- Terranova

CHINA

- Chow-chow
- Pequinés
- Shar-pei

CUBA

- Bichon havanés

CHECOSLOVAQUIA

- Hound de la Selva Negra
- Terrier checo (Cesky)
- PinscherSetter checo de pelo duro (Cesky)
- Pastor eslovaco (Kuvak)

DINAMARCA

- Gammel Dansk Honsehund

EGIPTO/ARABIA

- Faraón Hound
- Saluki
- Slughi

FINLANDIA

- Sabueso finlandés
- Spitz finlandés
- Perro de osos de Carelia
- Pastor lapón

FRANCIA

- Anglofrancés blanco y negro
- Anglofrancés blanco y naranja
- Anglofrancés tricolor
- Braco de Ariege
- Ariegeois
- Sabueso de Artois
- Basset grifón vendeano
- Pastor de Beauce
- Bichon frise
- Billy
- Braco bleu d´Auvergne
- Basset bleu de gascogne
- Mastín de Burdeos (Dogo de Burdeos)
- Braco du bourbonnais
- Pastor de Brie
- Spaniel de Bretaña
- Grifón de pelo duro
- Braco dupuy
- Braco francés
- Spaniel francés
- Tricolor francés
- Blanco y negro francés
- Blanco y naranja francés
- Gran grifón vendeano
- Gran anglofrancés tricolor
- Gran anglofrancés blanco y negro
- Gran anglofrancés blanco y naranja
- Gran gascon de Saintonge
- Gran azul de Gascuña
- Levesque
- Petit chien lion
- Grifón nivernais
- Basset artesien normand
- Papillon
- Phalene
- Pastor de Picardía
- Spaniel de Picardía
- Poitevin

- Spaniel de Pont-Audemar
- Caniche (a menudo se considera alemán)
- Porcelana
- Perro de montaña del Pirineo (gran Pirineo)
- Pastor del Pirineo de cara lisa
- Pastor del Pirineo
- Anglofrancés pequeño
- Grifón bleu de Gascogne pequeño
- Gascon de Saintonge pequeño
- Bleu de Gascogne pequeño
- Braco francés pequeño
- Braco St Germain
- Basset leonado de Bretaña
- Grifón leonado de Bretaña
- Grifón briquet vendeano
- Grifón de manto lanoso

ALEMANIA

- Affenpinscher
- Hound de montaña bávaro
- Boxer
- Dachsbracke
- Dachshund
- Doberman
- Terrier de caza alemán
- Pointer alemán (pelo corto, largo áspero)
- Perro pastor alemán
- Spaniel alemán
- Spitz alemán
- Gran spitz negro
- Gran danés
- Gran spitz
- Sabueso de Hannover
- Hovawart
- Kromfohrlander
- Leonberger
- Munsterlander
- Pomerano
- Pudelpointer
- Rottweiler
- Schnauzer (gigante, estándar, miniatura)
- Steinbracke
- Weimaraner
- Basset de Westfalia

GROENLANDIA ÁRTICO-LEJANO NORTE

- Perro de Groenlandia
- Samoyed

HOLANDA

- Perdiguero holandés (patridge dog)
- Setter holandés de pelo largo y corto

- Pastor holandés(pelo liso-áspero)
- Keeshond
- Stabyhoun
- Wetterhoun (Spaniel holandés)

HUNGRÍA

- Braco húngaro de pelo áspero
- Lebrel húngaro
- Vizla húngaro
- Komondor
- Kuvasz
- Mudi
- Puli
- Pumi
- Sabueso de Transilvania

ISRAEL

- Perro de Canaan

ITALIA

- Pastor de Bérgamo
- Boloñés
- Cirneco del Etna
- Sabueso italiano de pelo áspero
- Galgo italiano
- Braco italiano
- Sabueso italiano de pelo corto
- Spinone italiano
- Spitz italiano
- Terrier maltés (controversia:Malta o Italia)
- Perro pastor de Maremma
- Mastín napolitano

JAPON

- Perro Ainu
- Perro de Hokkaido
- Akita japonés (akita inu)
- Chin japonés (spaniel)
- Perro de combate japonés
- Spitz japonés

- Perro San Shu
- Shiba Inu

MÉXICO

- Chihuahua
- Perro chino crestado (vía China)
- Perro mejicano sin pelo (Xoloitzcuintli)

MARRUECOS

- Perro del Atlas

NORUEGA

- Perro pastor noruego (buhund)

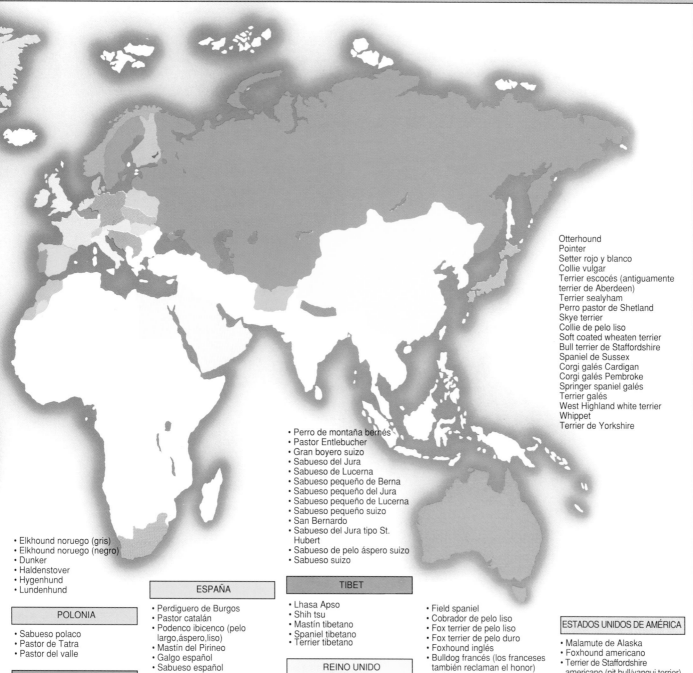

Otterhound
Pointer
Setter rojo y blanco
Collie vulgar
Terrier escocés (antiguamente terrier de Aberdeen)
Terrier sealyham
Perro pastor de Shetland
Skye terrier
Collie de pelo liso
Soft coated wheaten terrier
Bull terrier de Staffordshire
Spaniel de Sussex
Corgi galés Cardigan
Corgi galés Pembroke
Springer spaniel galés
Terrier galés
West Highland white terrier
Whippet
Terrier de Yorkshire

- Perro de montaña bernés
- Pastor Entlebucher
- Gran boyero suizo
- Sabueso del Jura
- Sabueso de Lucerna
- Sabueso pequeño de Berna
- Sabueso pequeño del Jura
- Sabueso pequeño de Lucerna
- Sabueso pequeño suizo
- San Bernardo
- Sabueso del Jura tipo St. Hubert
- Sabueso de pelo áspero suizo
- Sabueso suizo

- Elkhound noruego (gris)
- Elkhound noruego (negro)
- Dunker
- Haldenstover
- Hygenhund
- Lundenhund

POLONIA

- Sabueso polaco
- Pastor de Tatra
- Pastor del valle

PORTUGAL

- Perro de Castro Laboreiro
- Perro de la Sierra de Estrella
- Perro de montaña portugués
- Podenco portugués (gigante, mediano y enano)
- Braco portugués
- Perro de aguas portugués
- Rafeiro do Alentejo

RUSIA

- Borzoi

SURÁFRICA

- Basenji
- Rhodesian ridgeback

ESPAÑA

- Perdiguero de Burgos
- Pastor catalán
- Podenco ibicenco (pelo largo, áspero, liso)
- Mastín del Pirineo
- Galgo español
- Sabueso español
- Mastín español

SUECIA

- Drever
- Hamiltonstovare-Hamilton hound
- Jamthund
- Spitz de Laponia
- Norrbottenspets
- Schillerstovare (hound)
- Smalandsstovare
- Perro sueco gris
- Vastgotaspets

SUIZA

- Pastor appenzeler
- Sabueso bernés

TIBET

- Lhasa Apso
- Shih tsu
- Mastín tibetano
- Spaniel tibetano
- Terrier tibetano

REINO UNIDO E IRLANDA

- Terrier airedale
- Beagle
- Bearded collie
- Terrier Bedlington
- Border collie
- Border terrier
- Bull terrier
- Bulldog
- Terrier Cairn
- Spaniel cavalier king charles
- Spaniel clumber
- Cobrador de pelo rizado
- Terrier Dandie dinmont
- Deerhound (escocés)
- Cocker spaniel (inglés)
- Setter inglés
- Spaniel springer inglés
- Terrier toy inglés

- Field spaniel
- Cobrador de pelo liso
- Fox terrier de pelo liso
- Fox terrier de pelo duro
- Foxhound inglés
- Bulldog francés (los franceses también reclaman el honor)
- Golden retriever
- Setter Gordon
- Greyhound
- Harrier
- Setter Irlandés
- Terrier Irlandés
- Spaniel de aguas irlandés
- Wolfhound irlandés
- Terrier Jack Russell
- Terrier Kerry blue
- Spaniel king Charles
- Labrador retriever
- Terrier de lakeland
- Lancashire heeler
- Terrier de Manchester
- Mastín
- Bull terrier miniatura
- Terrier de Norfolk
- Terrier de Norwich
- Old english sheepdog (bobtail)

ESTADOS UNIDOS DE AMÉRICA

- Malamute de Alaska
- Foxhound americano
- Terrier de Staffordshire americano (pit bull/yanqui terrier)
- Basset hound
- Coonhound negro y tostado
- Terrier de Boston
- Chesapeake Bay retriever
- Husky siberiano

YUGOSLAVIA

- Sabueso de los Balcanes
- Sabueso de Bosnia de pelo áspero
- Charplaninatz
- Pastor croata
- Dálmata
- Sabueso de Istria de pelo áspero
- Sabueso de Istria de pelo corto
- Pastor de Karst
- Sabueso de Posavatz
- Sabueso de montaña yugoslavo
- Sabueso tricolor yugoslavo

CLASIFICACIÓN DEL PERRO: GRUPOS

LOS PERROS SE DIVIDEN en distintos grupos según el propósito con el que se les ha criado. Esto ayuda a clasificar en las exposiciones y permite que los visitantes sepan el día y sección, cuando y donde pueden encontrar a sus razas preferidas. Leer sobre estos grupos también permite al comprador decidir que variedades de perro incluidas en cada grupo se adaptan más a su estilo de vida —el deportista, por ejemplo, quizás desprecie al grupo de las miniaturas, que a lo mejor le encantan a su mujer.

GRUPO DE UTILIDAD

Hay una excepción a la obviedad de los nombres del resto de los grupos: la que se describe como de utilidad. Esta está reservada para perros que no son miniaturas, y han sido criados sin propósito definido. Muchas de las razas tradicionales como perros de compañía las encon-

traremos en esta clasificación, y también razas nuevas y aquellas que pueden estar recién importadas de sus países de origen y no se encuentra clasificación existente adecuada para ellas.

Muchos perros muy comunes como animales de compañía están dentro de la categoría de utilidad, incluyendo al Dálmata, el Chow-chow y el Sharpei, el Schipperke y el encantador Spitz japonés. Pero tenga en cuenta que, aunque una raza este hoy en el grupo de utilidad, puede no estarlo necesariamente mañana.

Si está planeando asistir a una exposición de perros importante —una, por ejemplo, que dure varios días— es muy importante familiarizarse con los grupos. Los de utilidad y miniaturas pueden, por ejemplo, exhibirse un día, y hounds y razas de trabajo otro.

Izquierda El Schipperke viene de Bélgica, donde era usado por los marineros para guardar sus botes. Es un buen animal para la casa y de compañía para toda la familia.

Arriba Durante muchos siglos el Laso Apso existió solo en el Tíbet, donde era usado como guardián en los monasterios. Llegó al oeste en el siglo XX.

DE UTILIDAD
Terrier de Boston
Bulldog
Perro de Canaan
Chow-chow
Dálmata
Bulldog francés
Spitz alemán (Klein)
Spitz alemán (Mittel)
Akita japonés
Spitz japonés
Keeshond
Leonberger
Laso Apso
Schnauzer miniatura
Caniche (miniatura)
Caniche (Estándar)
Caniche (pequeño)
Schipperke

Schnauzer
Shar pei
Shih tzu
Spaniel tibetano
Terrier tibetano

GRUPO DE TRABAJO
Malamute de Alaska
Perro pastor de Anatolia
Perros pastores australianos
Bearded collie
Perro pastor belga (Groenendael)
Perro pastor belga (Laekenois)
Perro pastor belga (Malinois)
Perro pastor belga (Tervueren)
Perro de montaña bernés

Izquierda El Mastín es leal y sospecha de los desconocidos, se usa como perro guardián.

Abajo El Border Collie es de las razas de trabajo más populares. Es originario de Escocia, pero actualmente se usa en todo el mundo para trabajar con los corderos.

Border collie
Boyero de Flandes
Boxer
Briard
Bullmastín
Collie (áspero)
Collie (liso)
Doberman
Perro esquimal
Perro de la montaña de Estrela
Perro pastor alemán (alsaciano)
Schnauzer gigante
Gran danés
Hovawart
Puli húngaro
Komondor
Heeler de Lancashire

Perro pastor de Maremma
Mastín
Mastín napolitano
Terranova
Buhund noruego
Old english sheep dog
Pinscher
Perro de aguas portugués
Perro de montaña del Pirineo
Rottweiler
San Bernardo
Samoyedo
Perro pastor de Shetland
Husky siberiano
Vallhund sueco
Mastín tibetano
Corgi galés (Cardigan)
Corgi galés (Pembroke)

EL GRUPO DE TRABAJO

El grupo de trabajo es en el que encontramos a las razas que originalmente se criaron o cultivaron para ser guardianes o protectores de los rebaños de corderos o de otros animales de granja. Dentro de este grupo, como se puede esperar, se encuentran el Doberman, el Pastor Alemán y el Rottweiler; también se encuentran perros pastores como el Border Collie, Old English Sheepdog, y muchas otras razas destinadas a tener un papel de guardianes o protectores en sus tierras de origen.

Algunas de estas razas, originalmente criadas por su ferocidad, se han convertido después de un cuidadoso cultivo en tranquilos animales de compañía. No obstante, debemos recordar que el instinto permanece, y que la mayoría de los perros en este grupo están más contentos y más sanos cuando tienen acceso a los espacios abiertos y a un trabajo que hacer.

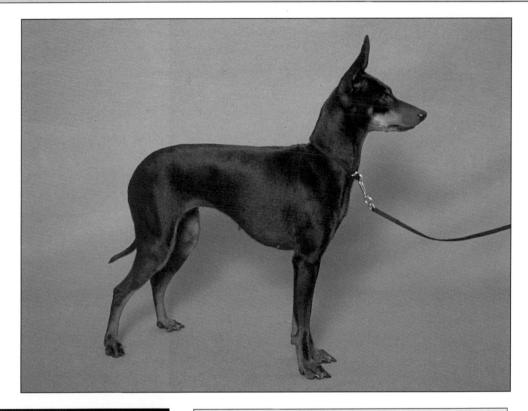

Derecha *El «toy»terrier inglés es la versión miniatura del terrier de Manchester, y actualmente no se le ve muy a menudo.*

Abajo *El Bichón Frise es descendiente del Terrier maltés, y fue muy popular en las cortes europeas durante los siglos XVI y XVII. A partir de ahí se convirtió en un artista de circo con mucho éxito.*

EL GRUPO «TOY»

Este grupo comprende aquellas razas que han sido criadas exclusivamente para ser compañeros diminutos, los tradicionales perros falderos los encontraremos en esta categoría. El que no conozca el tema se encontrará con algunas sorpresas, el caniche, por ejemplo, no está en este grupo, sino que los encontraremos con el Caniche estándar y el pequeño en el grupo de utilidad mientras que, el alegre Terrier de Yorkshire tiene su sitio con los toys y no con sus parientes mayores.

GRUPO TOY
Affenpinscher
Terrier australiano silky
Bichon frise
Cavalier king Charles
Spaniel
Chihuahua (pelo largo)
Chihuahua (Pelo liso)
Perros chinos crestados
Terrier inglés toy (negro y tostado)
Grifón de Bruselas
Galgo italiano
Chin japonés
Spaniel king Charles
Lowchen (petit chien lion)
Maltés
Pinscher miniatura

Papillon
Pequinés
Pomerano
Pug
Terrier de Yorkshire

Las raza toy más pequeña es el Chihuahua, su peso estándar puede llegar hasta los 2,7 Kg (6l b) aunque se prefiere de 1-1,8 Kg (2-4l b), seguido del Terrier de Yorkshire cuyo peso no debería ser más de 3,1 Kg. (7l b). No obstante, hay que tener en cuenta que estos y otros pesos —y alturas— mencionados, son los deseados para las exposiciones, pero hay ejemplares muy contentos y sanos de sus razas que son más grandes, o más pequeños, más pesados o más delgados de lo que dicta su estándar.

El miembro más grande de este grupo es el Cavalier King Charles Spaniel los requisitos en un perro bien equilibrado de esta raza serán de 5,5-8Kg. (12-18 lb).

No se equivoque y piense que estos perros son puramente ornamentales. Les encanta hacer ejercicio y son excelentes pequeños guardianes excelentes.

GRUPO DE LOS TERRIER

El grupo terrier es auto-explicativo: comprende a los alegres perros que se criaron para cazar pequeños animales como ratas y zorros. Son cariñosos y son buenos animales de compañía, pero son extremadamente vivos y bulliciosos y para nada les molesta una pelea ocasional. El Terrier será un compañero de primera clase para los jóvenes, pero no será la compañía ideal de una tranquila señora mayor, aunque puedan ser muy cariñosos.

Hay varios tamaños de Terriers, uno de los más populares es el West Highland White Terrier, (o «westie»), un terrier blanco que mide aproximadamente 28 cm (11in) desde la cruz. El Airedale Terrier es el más grande, 58-61 cm (23-24in), las hembras, como generalmente, son un poco más pequeñas.

El Bull Terrier y el Bull Terrier de Staffordshire son en apariencia los más distintos de entre los miembros del grupo, pero no hay que olvidar que el Bull Terrier tiene un terrier blanco extinguido en su aspecto, mientras que el «Staffy»desciende del linaje Bulldog-Terrier.

Abajo *El Bedlington fue criado inicialmente en los siglos XVIII y XIX para cazar pequeños animales. Era especialmente popular entre los furtivos.*

A pie de página *El Terrier Skye es una antigua raza que ha contribuido en el desarrollo de muchas razas de terriers escoceses.*

GRUPO TERRIER	
Terrier de Airedale	Sealyham terrier
Terrier australiano	Terrier skye
Terrier de Bedlington	Soft-coated wheaten terrier
Terrier de la frontera	Bull terrier de Staffordshire
Bull terrier	Terrier galés
Bull terrier (miniatura)	West highland white terrier
Cairn terrier	
Dandie dinmont terrier	
Fox terrier (liso)	
Fox terrier (duro)	
Terrier Glen of Imaal	
Terrier irlandés	
Terrier Kerry blue	
Terrier de Norfolk	
Terrier de Norwich	
Terrier Parson Jack Russell	
Terrier escocés	

Es un error muy común mezclar al West Highland White Terrier con el Terrier escocés, siendo este último, de hecho, un perro completamente negro, que antes era conocido como el Terrier de Aberdeen.

EL GRUPO DE PERROS CAZADORES

Los perros cazadores, diseñados para cobrar aves de caza incluidas las acuáticas son, en general, cuidadosos animales de compañía, que combinan admirablemente el papel de perro de un deportista y el de animal de compañía —como el Golden Retriever y el Labrador Retriever—.

Aquí también hay una gran variedad de perros entre los que elegir, que van desde el Cocker Spaniel (el «alegre»Cocker) a los Setters más grandes, Retrievers y Pointers.

El Setter fue criado como perro de muestra para quedarse rígido oliendo la caza, y así su amo pudiera detectar la presencia de la caza. El Pointer apunta con su postura hacía donde está la caza y el Retriever, como uno puede suponer, cobra la caza tanto en tierra como en el agua.

El trabajo del Spaniel es levantar a las aves de su escondite y el cobro. El Spaniel, no obstante, ha asumido innumerables tareas, y existe evidencia de Spaniels que fueron enseñados como perros de muestra, en el siglo XIII.

Izquierda Los Spaniels son descendientes de los perros españoles, y se usan tanto para levantar como para cobrar la caza.

Arriba Un dormido Pointer de pelo áspero contradice aquí la alerta que demuestra cuando señala a la presa cazando.

GRUPO DE PERROS DE CAZA
Bretón
Setter inglés
Pointer alemán de pelo corto
Pointer alemán de pelo duro
Setter Gordon
Vizsla húngaro
Setters irlandeses rojos y blancos
Setter irlandés
Spinone italiano
Munsterlander grande
Pointer
Retriever(Chesapeake bay)
Retriever(Manto rizado)
Retriever (Manto liso)
Golden retriever
Labrador retriever
Spaniel (cocker americano)
Spaniel (Clumber)
Spaniel (Cocker)
Spaniel (Springer inglés)
Spaniel (Field)
Spaniel (de aguas irlandés)
Spaniel (Sussex)
Spaniel (Springer galés)
Weimaraner

EL GRUPO DE LOS HOUNDS

Los hounds fueron criados para cazar con la vista o el olfato, de ahí los términos de »scent»hounds y «gaze»hounds. Los que cazan por el olor como el Beagle, el Basset y el Bloodhound, usan su olfato para buscar a sus presas. El Galgo Afgano, el Saluki y el Greyhound, por nombrar algunos, son «gaze»hounds que cazan sus presas con la ayuda de su excepcional vista.

Arriba Hoy en día existen pocos linajes de Basset. En el pasado se les usaba para cazar liebre, y llegaban a cogerla por su persistencia más que por su velocidad.

Izquierda El Borzoi es un hound muy rápido, veloz, que se usaba en Rusia para la caza del lobo. Caza con su vista en lugar de con el olfato.

GRUPO HOUND

Galgo afgano	Elkhound
Basenji	Spitz finlandés
Basset fauve de Bretaña	Greyhound
Basset hound	Hamiltonstovare
Beagle	Podenco ibicenco
Bloodhound	Wolfhound irlandés
Borzoi	Otterhound
Dachshound (pelo largo)	Basset grifón pequeño
Dachshound (miniatura pelo largo)	Vandano
	Faraon hound
Dachshound (pelo liso)	Ridgeback de Rodesia
Dachshound (miniatura pelo liso)	Saluki
	Sloughi
Dachshound (pelo duro)	Whippet
Dachshound (miniatura pelo duro)	
Deerhound	

Hay muchas razas de hounds entre las que elegir desde el miniatura Dachshund al Greyhound, Bloodhound o Whippet.

Con la excepción de los Foxhounds, que inevitablemente pertenecerán a una jauría para cazar zorros, y posiblemente el Otterhound y el Beagle, los hounds en general son buenos animales de compañía. No obstante, tienen el instinto de vagabundear, y no son adecuados para personas que no puedan ofrecerles mucho espacio y un jardín con una buena valla.

Los Bassets en particular, son muy propensos al vagabundeo. Se conocen casos de propietarios que han recibido llamadas telefónicas de una distancia de muchas millas pidiéndoles que fueran a recoger a su perro.

De todos los tipos de perros, los hounds son los que han estado asociados con los humanos desde hace más tiempo, fueron los primeros en ser usados por los hombres primitivos para cazar.

EL CANICHE: ESTÁNDAR, PEQUEÑO Y MINIATURA

EL GLAMOUR DEL CANICHE DE exposición con su elegante corte de león tiende a oscurecer su versatilidad. Es un perro juguetón, exuberante, y un competidor con éxito en obediencia. Como compañero, es inteligente, (especialmente el estándar) fuerte y un buen cobrador. También es un gran imitador por esto se les elige a menudo para hacer trucos en los circos. Aprenden muy rápido.

El Caniche de hecho, se originó como cobrador en el agua y se cree que evolucionó del barbet francés, con su manto lanoso y rizado y del Water Hound húngaro. Mientras que generalmente se cree que es una raza francesa, es originaria de Alemania, la palabra caniche viene del ale-mán «pudelnass»o puddle. En Francia se le conoce como caniche, esta palabra viene de la palabra francesa «canard»que quiere decir pato. Los caniches eran grandes cobradores de patos.

Los Caniches miniatura y pequeño se han originado a partir del estándar.

El Caniche tiene conexiones reales. «Boy»el insepara-ble compañero del principe Rupert del Rin en la Guerra Civil inglesa (1642-1649), se creía que tenía poderes mís-ticos. Un panfleto hablando de este perro se conserva en la biblioteca Bodleian de Oxford, Inglaterra, y describe como el príncipe Rupert, con el perro sentado en una mesa a su lado, se volvía y lo besaba frecuentemente durante las discusiones del Consejo. El perro murió en la batalla de Marston Moor (1644).

Caniche: Toy

Arriba El Caniche Toy desciende del estándar. Este ejemplar tiene la nariz negra, el borde de los ojos, los labios y las uñas tal y como son deseables en los de pelo blanco y crema.

CARACTERÍSTICAS

Carácter Animado y con buen carácter. Excelente perro para exposición.

Ejercicio Varía según el tamaño. El estándar es muy activo. Los pequeños y miniaturas son más recomendables para las ciudades.

Cuidados Necesita cortarse el pelo regularmente. El corte del león es obligatorio para las exposiciones. La preparación lleva tiempo.

Alimentación El estándar necesitará aproximadamente 1 lata y 1/2 (de 400gr) de una marca conocida de carne para perros, añadiéndole galletas a partes iguales. (Los miniaturas y pequeños, de 1/2 a 1/2 lata respectivamente. ¡Pero todos los perros son distintos!).

Longevidad Muchos viven hasta bien pasados los diez años.

Faltas Incluyen unos ojos demasiado juntos, cola rizada o llevada encima de la espalda.

LA CONEXIÓN FRANCESA

Abajo El Caniche estándar. El Caniche fue muy apreciado como cobrador en agua, aunque ahora raramente es usado como tal.

Variedades: de izquierda a derecha, negro, blanco, albaricoque, marrón, crema, plateado y azul.

A la reina francesa María Antonieta, se la considera la diseñadora del famoso corte de león que creó junto con la librea de sus sirvientes.

Los caniches tendrían los ojos en forma de almendra y cualquier color definido. No obstante, los blancos y cremas tendrían la nariz, los labios, el borde de los ojos y las uñas negras. Los de color albaricoque tendrían los ojos oscuros con puntos negros o profundos ojos ámbar con puntos color hígado. Los negros, plateados, y azules tendrían la nariz, labios, borde de los ojos, y uñas negras; y los cremas, albaricoques, marrones, plateados y azules mostrarían variaciones del mismo color hasta los 18 meses.

No hay diferencia entre las tres variedades de Caniche, excepto el tamaño. Estándar: altura desde el hombro de más de 38cm (15in). Pequeño: altura desde el hombro de menos de 38 cm (15in) pero no por debajo de 28 cm (11in). Miniatura: altura desde el hombro por debajo de 28 cm (11in).

EL SHAR-PEI: (PERRO DE LUCHA CHINO)

NO HACE TANTO que el Shar-Pei fue inscrito en el Guinness Book of Records como el perro más raro del mundo, pero hoy en día tiene un creciente grupo de admiradores en América, Canadá, y en el Reino Unido donde está atrayendo mucha gente a las exposiciones.

A pesar de haber sido criado como perro de lucha, el Shar-Pei es un perro amistoso a no ser que se le provoque. Se cree que se usaron drogas para hacerlo más agresivo, ya que el éxito de esta raza como perros de pelea se debe a su piel suelta que hace que sea difícil para los adversarios morderlos.

ORÍGENES

Perros parecidos al Shar-Pei eran los de la Dinastía Han (206 a.C. - 220 d.C.), y es posible que se originara en el Tíbet o en las provincias del norte de China hace unos 2.000 años.

El futuro del Shar-Pei estuvo en peligro en 1947, cuando la República del Pueblo Chino puso unos impuestos tan altos en los perros que muy poca gente podía mantenerlos. Pero por suerte, algunos buenos ejemplares de esta especie fueron sacados de China de contrabando.

El perro, que tiene arrugas no muy distintas de las del Bloodhound, mide solo de 46-51 cm (18-20in) desde la cruz y pesa hasta 22,5 Kg. (50lb). Tiene colores sólidos: negro, rojo, crema y color ocre más claro y más oscuro.

CARACTERÍSTICAS

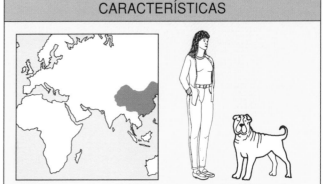

Carácter Alerta, activo, tranquilo e independiente. Cariñoso y leal.
Ejercicio Era un cazador de jabalíes, por lo que necesita mucho.
Cuidados Use un cepillo bastante duro. Frote con una toalla o con un guante.
Alimentación Aproximadamente 1 lata y 1/2 (de 400 gr) de una marca conocida de carne para perros, añadiéndole galletas a partes iguales. (Nota en cualquier caso: si su perro está por encima o por debajo del peso estándar para su raza, consulte con su veterinario.)
Longevidad Media.
Faltas Cualquier signo de irritación en el globo ocular, conjuntiva o párpados.

Variedades: de arriba a abajo, color canela, negro, rojo, y crema.

EL CHAO CHAO

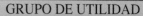

Variedades: de arriba a abajo canela, negro, crema, rojo, blanco, y azul.

CARACTERÍSTICAS

Carácter Hermoso y reservado, este compañero guarda y reserva su cariño para la familia.

Ejercicio Aprecia una buena cantidad de ejercicio.

Cuidados Use un cepillo de metal, unos minutos todos los días. Una hora de cuidados los fines de semana hace maravillas.

Alimentación Aproximadamente 1-1 1/2 latas (de 4oo gr) de un producto de carne para perros de marca conocida, añadiendo galletas a partes iguales.

Longevidad Media.

Faltas Cualquier parte del manto que se acorte artificialmente y altere el contorno natural o expresión.

EL HERMOSO CHOW-CHOW conocido desde hace más de 2.000 años, con su característica lengua azul, es un miembro de la familia spitz parecido a un león. Es ciertamente uno de los Spitz más antiguos y probablemente era el Mastín de los lamas original.

Esta raza tiene muchos papeles, entre ellos guardianes, cazadores y perros de trineo. También se le criaba por su carne, que sigue siendo considerada exquisita en el lejano este.

Conocido antiguamente como el perro tártaro, y también como el perro de los bárbaros, el Chow-chow siempre ha tenido —como el Shar-Pei— una inmerecida reputación de ferocidad. Por supuesto puede demostrarlo, pero es difícil que se meta en una pelea.

Los Chow-chows, que tienen un andar muy afectado y único, vienen en colores completos negro, rojo, azul, canela, crema y blanco, frecuentemente sombreado, pero no a manchas o a trozos de distintos colores (la parte de abajo de la cola y de detrás de la patas es frecuentemente de un color más claro). Los perros miden de 48-56 cm (19-22in) desde el hombro, las hembras de 46-51 cm (18-20in).

SCHNAUZER: GIGANTE, ESTÁNDAR Y MINIATURA

COMO LOS DÁLMATAS, Basenji y otras razas, el Schnauzer se lleva bien con los caballos y, en los días de los carruajes en Europa central, corría al lado de los caballos y dormía al lado del conductor por la noche. Ha sido usado como mensajero en las fuerzas armadas, y es un perro amable y obediente. No obstante, el papel principal de esta atractiva raza es el de compañero inteligente y distraído. Accidentalmente, el Schnauzer pequeño fue derivado de cruzar los miembros más pequeños de esta raza con otro perro alemán, el Affenpinscher. Se cree que el origen del Schnauzer es el cruce del Caniche alemán negro con un Spitz gris.

Arriba *El Schnauzer gigante, completamente negro, era usado hace tiempo como perro para el ganado vacuno, y es un compañero inteligente y juguetón.*

Schnauzer: estándar

El Schnauzer gigante, del cual el macho mide 65-70 cm (251/2-271/2in) de alto, y la hembra 60-65 cm (23_-251/2in), se exhibió por primera vez en Alemania en 1879 bajo el nombre de Pinscher de pelo áspero («pinscher»es terrier en alemán). En Munich, en 1909, se habló de él como el oso ruso Schnauzer, y se le ha usado también como perro de policía.

El Schnauzer estándar ideal mide desde la cruz, 48,5 cm (19in), y las hembras 45,5 cm (18in); el pequeño debería ser de 35,5 cm (14in), y las hembras 33 cm (13in).

Los Schnauzers se vieron por primera vez en Baden, Württemberg y Bavaria y hace mucho tiempo que son muy populares en el norte de Suiza y en Francia. Prefieren vivir dentro de casa, con la familia, que vivir en una perrera fuera.

MARCAS Y COLORES

Los colores son: negro puro (las marcas blancas en la cabeza pecho y piernas han sido condenadas como indeseables) o los tonos de sal y pimienta es decir todos los tonos desde un gris oscuro hierro a un gris claro. Los pequeños vienen en estos colores también en proporciones iguales, o negro puro o negro y plateado (negro con sombras plateadas en las cejas, morro pecho y espalda y en los antebrazos por debajo del codo, dentro de las patas traseras por debajo de la rodilla, y debajo de la cola).

CARACTERÍSTICAS

Carácter Robusto, bueno con los niños, juguetón y aún así un buen guardián.
Ejercicio Le gusta hacer mucho, seguirá a los caballos. Perros útiles y obedientes.
Cuidados Usar un cepillo metálico todos los días. Peinar las barbas. El manto necesita un corte dos veces al año.
Alimentación Pequeño: 1/2 a 3/4 de lata (4oo gr de tamaño), estándar: 1 - 1 1/2 latas. Gigante: al menos 2 latas y 1/2 de carne preparada de una marca conocida, mezclándola a partes iguales con galletas.
Longevidad Buena.
Faltas Cualquier marca blanca en la cabeza, pecho o patas.

Variedades: De izquierda a derecha, negro, gris oscuro, gris claro y negro y plateado.

Izquierda Los Schnauzer miniatura se crearon con el cruce de schnauzer pequeños con los Affenpinscher. Es menos agresivo que los otros más grandes.

EL BULLDOG FRANCÉS

EL «FRENCHIE» hace mucho que tiene una reputación de relacionarse con las señoras y ha sido el animal de compañía de muchas actrices, escritoras y mujeres relacionadas con la moda. No obstante, el número de aficionados entre los hombres no es pequeño; les gusta su compañía y su imagen de macho.

MAL CARÁCTER

Inteligente y leal, generalmente se lleva bien con otros animales de compañía, pero atención si se pone de mal humor. Una palabra para reñirle y se ira muy triste. ¡El «frenchie»odia no ser el preferido!.

Compañero y perro de exposición ideal —a pesar de ser un poco pesado para levantarlo a la mesa de exhibición—. Miden de 30-35 cm (12-14in); los machos pesan 12,5 Kg. (28lb); y las hembras 11 Kg. (24lb). El desarrollo de la raza se suele creer que se hizo en Francia cruzando Bull-

CARACTERÍSTICAS

Carácter Mucho valor, pero con cualidades de payaso. Leal. Inteligente.
Ejercicio Moderado, ninguno si hace mucho calor.
Cuidados Usar un cepillo bastante rígido todos los días. Frotar con un guante para perros o una toalla. Lubricar las arrugas de la cara.
Alimentación Aproximadamente _ de una lata (de 400gr)de un producto de carne de marca conocida, añadiendo galletas a partes iguales.
Longevidad De corta a moderada.
Faltas Incluyen enseñar el blanco del ojo cuando mira hacía delante.

dogs pequeños, llevados a Francia desde Nottingham, Inglaterra, por los que hacían encajes, en el siglo XIX, con perros llevados a Francia desde España. No obstante otras fuentes dicen que los franceses llegaron a esta raza, cruzando una variedad francesa poco conocida con razas importadas de Bélgica. En cualquier caso, las orejas de murciélago y la corta cola retorcida son características esenciales de la raza.

Los »Frenchies», aunque no se obtengan fácilmente, tienen una gran entusiasta banda de seguidores —y con mucha razón— y siempre tiene bastante audiencia en las exposiciones. Vienen en tres colores canela, moteado y manchado.

Variedades: de izquierda a derecha, canela, moteado y manchado.

EL DÁLMATA

Variedades de arriba a abajo, con topos hígados y con topos negros.

EL DÁLMATA era como un símbolo de prestigio en Inglaterra en el siglo XVIII cuando fue muy usado para los carromatos o carruajes. Generalmente se cree que esta raza se originó en lo que hoy llamamos Yugoslavia, aunque se han descubierto frisos en Grecia y en Oriente Medio que nos muestran un perro parecido.

PERRO PARA TODO

El dálmata es un buen perro para todo: Carruajes, ratas y cobrador. Actualmente, sin embargo, es en su mayoría un animal de compañía muy querido.

Un punto importante: cuando compre un cachorro dálmata, tire al suelo su llavero detrás de él para probar su reacción. Hay una tendencia a la sordera en está raza. La altura deseada para el dálmata es de 58,4-61 cm (23-24in), las hembras 55,9-58 cm (22-23in).

El color base es siempre un blanco puro. Los hay con topos negros y con topos hígado-marrón. Los topos no tendrían que estar juntos, deberían ser redondos, y estar bien distribuidos.

CARACTERÍSTICAS

Carácter Extrovertido, amistoso. Con resistencia y velocidad.
Ejercicio Por tradición perro de carruaje, necesita mucho ejercicio.
Cuidados Cepillarlo y frotarlo todos los días. Fácil de cuidar pero atención: si no lo cepilla este animal llenara la moqueta de pelos blancos.
Alimentación 1 1/2-2 latas (de 400 gr) de un producto cárnico de marca conocida, añadiendo galletas a partes iguales.
Longevidad Buena.
Faltas Manchas o topos tricolores o color limón. También que los topos se vuelvan como tostados en los adultos.

EL SPITZ JAPONÉS

EL SPITZ JAPONÉS es en comparación, un perro bastante nuevo fuera de su tierra tanto como animal de compañía como perro de exposición, y está ganando rápidamente un gran grupo de admiradores.

Para hablar de los antecedentes del Spitz japonés debemos mirar a su primo cercano el Spitz nórdico o Norrbotten, ya que tienen los mismos orígenes.

El ancestro de esta raza, el Spitz de Norrbotten, también es poco conocido fuera de su Suecia nativa. Se declaró extinguido en 1948 pero se renovó el interés por él en los sesenta, habiendo suficientes inscripciones de la raza como para quedar restablecida. Estas variedades de Spitz, se derivaron sin ninguna duda del Spitz finlandés o de los ancestros del Buhund noruego.

El Spitz japonés se desarrollo como una raza separada en Japón, y no es distinto del Pomerano (otra variedad de Spitz) excepto en el tamaño.

El japonés mide 30-36 cm (12-14in), las hembras un poco menos, y el único color permitido es un blanco puro. Características de las razas de Spitz son: el hocico puntiagudo, las orejas triangulares y erguidas, y una cola muy peluda que se enrosca encima de su espalda.

VIGILAR AL SPITZ

Es un perrito muy listo, inclinado a protestar o ladrar si no se le vigila, quizás sea mejor como compañero de una persona o una pareja, que de una familia con niños pequeños.

Arriba izquierda El Spitz finlandés es una de las variaciones de Spitz de las que desciende el Spitz japonés. Los Spitzs son los perros que tienen los antepasados más antiguos.

Arriba El Spitz japonés. Tiene el manto largo y rizado de las razas de spitzs. El blanco puro es el único color aceptable.

CARACTERÍSTICAS

Carácter Cariñoso y sociable, pero tiene tendencia a ser cauteloso con los extraños.
Ejercicio Un pastor natural, le gusta la libertad, pero se adaptará a los requisitos de su amo.
Cuidados A diario con un cepillo rígido.
Alimentación 1 lata (de 400gr) de un producto cárnico conocido, añadiendo galletas a partes iguales.
Longevidad Una media buena.
Faltas Incluye el que las orejas estén demasiado separadas.

Derecha *El buhund noruego, del que desciende en parte el spitz japonés, era usado como perro pastor de ganado vacuno y también es un buen perro guardián.*

EL PERRO DE MONTAÑA BERNÉS

ESTE HERMOSO ANIMAL es el más conocido de los cuatro perros de montaña suizos. Los otros son el Great Swiss Sennenhund, el Appenzell Sennenhund y el Entlebuch Sennenhund.

En Suiza los perros de montaña de Berna son usados como perros de tiro, y no es raro ver a un Bernés tirando de las lecheras montaña arriba. En algunos países (por ejemplo, en el Reino Unido) es ilegal usar a los perros así, pero los propietarios disfrutan poniéndoles los arneses para eventos fuera de la carretera, como fiestas locales, donde normalmente se intenta conseguir dinero para caridad.

Un perro grande —64-70 cm (25-271/2in)—, las hembras 58-66 cm (23-26in) —el bernés no es tan distinto del Border Collie. De hecho, sus orígenes vienen de la antigua Roma.

Hace dos mil años, cuando las legiones romanas cruzaron los Alpes introduciéndose en el norte de Europa estaban acompañadas por perros de guerra y perros guardianes. De los supervivientes de estos últimos, evolucionaron cuatro grandes razas alpinas, tres como perros Pastores y el cuarto como perro de tiro, el Bernés. Toma su nombre de Berna desde donde sus habitantes, muchos de ellos tejedores, conducirían sus mercancías al mercado en un carro tirado por un perro.

Arriba El perro de montaña del Pirineo es muy poderoso y en un tiempo fue usado en la guerra.

Actualmente, no obstante, es conocido por su naturaleza leal y tranquila.

CARACTERÍSTICAS

Carácter Perro de granja para todo, capaz de realizar trabajos de tiro. Ideal como perro de compañía para una familia en el ambiente correcto.

Ejercicio No es un perro de ciudad. Necesita mucho ejercicio.

Cuidados Cepillado regular o se le caerá el pelo.

Alimentación Aproximadamente 2 latas (de 400 gr) de un producto cárnico de marca conocida, mezclado a partes iguales con galletas.

Longevidad Media.

Faltas Cualquier signo de agresividad, que no debe ser tolerada.

VIVIR AL AIRE LIBRE

El Bernés es un excelente animal de compañía en el ambiente adecuado. Necesita espacio y ejercicio. Sería cruel tenerlo en un apartamento. También prefiere el tiempo frío; y mientras muchos miembros de esta raza viven dentro de la casa, no les pasa nada si se les pone fuera en una perrera.

Esta raza tiende a dedicarse sólo a una persona, pero se adaptará a compartir su increíble lealtad con la familia.

El manto del Bernés debería ser negro azabache, con un marrón rojizo en las mejillas, encima de los ojos, en las cuatros patas y el pecho. Hay una marca blanca en la cabeza, de tamaño pequeño o mediano, simétrica (estrella o mancha) y una marca blanca en el pecho (cruz), que son esenciales. Se prefieren los pies blancos, pero no son esenciales.

EL ROTTWEILER

EL ROTTWEILER es un animal espléndido que recientemente ha recibido publicidad adversa, especialmente a través de los miembros de la sociedad de su raza ya que han caído en manos inconvenientes e inexpertas.

El Rottweiler ha sido conocido desde la Edad Media cuando era cazador de jabalíes, y ha evolucionado en un perro de confianza como pastor de vacas. Viene del pueblo alemán de Rottweiler en Württemberg donde —conocido como el Rottweiler Metzgerhund o perro de carnicero Rottweiler— fue usado frecuentemente como perro de tiro y tiraría a menudo del carro del carnicero. También se ha usado como perro policía y guardián en las fuerzas armadas.

UN COMPAÑERO LEAL

El Rottweiler por naturaleza es protector y guardián, extremadamente leal a su amo, a la familia de este, y a otros animales de compañía —si ha crecido con ellos—. De todas formas, necesita que le trate alguien con conocimientos y adiestramiento en la obediencia; teniendo en cuenta la fuerza de este perro, y el hecho de que raramente avisa cuando va a atacar, provocarlo para que sea agresivo es una verdadera estupidez.

Tristemente se ha puesto demasiado énfasis en la imagen de macho de esta raza y demasiado poco en sus habilidades, como por ejemplo, perro de trineo,

CARACTERÍSTICAS

Carácter Audaz, valiente y leal. Perro de trabajo y guardián. No es recomendable para la gente sin experiencia.
Ejercicio Este antiguo cazador de jabalíes y pastor de vacas, necesita una salida para su energía.
Cuidados Cepillado regular.
Alimentación Aproximadamente 2-2 _ latas (de 400 gr) de un producto cárnico de marca conocida, mezclado con galletas a partes iguales.
Longevidad media.
Faltas Temible si se le provoca.

Arriba El Rottweiler debería ser negro con marcas que van del tostado al caoba.

Derecha El Rottweiler es un antiguo perro de caza que actualmente es muy usado por la policía y las fuerzas armadas. Aquí un perro está siendo adiestrado para su trabajo en la policía.

perro de rescate en montaña y competidor en obediencia.

El Rottweiler mide 63-69 cm (25-27 in) de alto, las hembras 58-63,5 cm (23-25 in). Su color siempre es negro con marcas muy definidas incluyendo un topo encima de cada ojo. Las marcas van de un bronceado dorado al caoba y no deberían exceder el 10% de su cuerpo.

EL GRAN DANÉS

AL MAGNÍFICO GRAN DANÉS le cuesta enfadarse y es bueno con los niños y otros animales. No obstante, por su enorme tamaño, de pequeño es muy bullicioso por lo que necesita disciplina para no salirse con la suya. Una visita semanal al club de adiestramiento de perros será una buena inversión con esta raza.

Reconocida como una raza alemana, el Gran Danés se cree que es un descendiente de los Molossus Hounds de los tiempos romanos. Eran perros que cazaban jabalíes, acosaban a los toros y actuaban como guardaespaldas, pero hay poca de esta agresividad en el Gran Danés actual.

Izquierda, Podemos encontrar el rastro de los antepasados del mastín napolitano hace 2.500 años. Es un guardián efectivo.

EL «APOLO DEL MUNDO CANINO»

Bismarck (1815-1898), quien tenía una predilección por el Mastín, se interesó por la raza y produjo un Danés parecido

Arriba *Este Gran Danés tiene un manto color cervato, uno de los colores de las distintas variedades.*

Variedades: *de izquierda a derecha, cervato, azul, arlequín, negro y manchado.*

Izquierda *Podemos trazar los ancestros del Mastín Napolitano desde hace 2.500 años. Es un buen perro guardián.*

CARACTERÍSTICAS

Carácter Leal, bueno por naturaleza y fácil de adiestrar —¡ojo no es barato darle de comer!—.

Ejercicio Idealmente millas de paseo en suelo duro todos los días, si no tiene terreno para darle libertad.

Cuidados Cepillado diario con un cepillo para el cuerpo.

Alimentación Hasta 4 latas (de 400 gr) de un producto cárnico de marca conocida, añadiendo galletas a partes iguales.

Longevidad Corta. Como media ocho o nueve.

Faltas Un poco bullicioso de joven. Cualquier falta en el manto.

al tipo que conocemos hoy en día, cruzando el Mastín del sur de Alemania con el Gran Danés del norte. Este perro se exhibió primero en Hamburgo en 1863 y para 1866 se había hecho conocido bajo el nombre de Deutsche Dogge y se referían a él como el perro nacional de Alemania. Se le llama a menudo «Apolo del mundo canino».

El tamaño mínimo del Gran Danés de más de 18 meses debería ser de 76 cm (30 in). Las hembras 71 cm (28 in). Hay varios colores que incluyen manchado, cervato, azul, negro y el característico arlequín (un blanco puro de fondo con manchas de negro sólido o de azul sólido).

Una de las cosas más tristes sobre tener un Gran Danés, es el conocimiento de que tiene una vida corta, los que llegan a los ocho o nueve años, han llegado muy lejos, y en sus últimos años tienen una tendencia a sufrir del corazón y a la rigidez en las articulaciones. No obstante, es tal la devoción que muchos propietarios tienen por esta raza, que piensan que incluso para unos pocos años vale la pena.

Gran Danés

EL DOBERMAN

EL DOBERMAN fue criado como un fiero guardián. Luis Dobermann de Apola en Thuringia, Alemania, el hombre del que cogió el nombre la raza, era un recolector de impuestos en 1880 con una preferencia por los perros fieros. Quería un animal ideal para acompañarlo en su trabajo, no lo tenía difícil, ya que era el guarda del depósito local de perros, con acceso a innumerables perros callejeros. Doberman intentaba criar una raza con valor, que estuviera siempre alerta, y tuviera una gran resistencia, para ello introdujo el Rottweiler, el Pinscher alemán, y se cree que también el Terrier de Manchester, e incluso el Pointer.

A pesar de su fuerte instinto guardián, y con la condición de que reciba suficiente adiestramiento, el Doberman puede ser un animal de compañía para la familia. Es un buen rastreador, perro policía y el animal perfecto para tener guardando un establo o una propiedad no muy grande.

El doberman mide 69 cm (27 in), las hembras 65 cm (251/2 in), y viene en negro definido, marrón, azul, o cervato (Isabella) sólo, con marcas color rojo óxido. A propósito, marcas blancas de cualquier tipo son altamente indeseables.

Izquierda El Doberman es un leal y fiel animal de compañía, y tiene un instinto guardián muy fuerte.

Abajo Puede ser negro, como aquí, marrón, azul o canela con marcas de óxido.

CARACTERÍSTICAS

Carácter Un guardián alerta y reservado. Leal y fiel a su amo.
Ejercicio Perro ideal para el patio de un establo o para un ambiente que ofrezca libertad sin trabas.
Cuidados Frotarlo diariamente con una toalla. Esto le ayudará a quitarle el pelo sobrante.
Alimentación Aproximadamente de 1_ - 2_ latas (de 400 gr) de un producto cárnico de marca conocida, añadiendo galletas a partes iguales.
Longevidad Buena.
Faltas Posible tendencia a que su instinto guardián sea demasiado fuerte.

Derecha *El Doberman probablemente tenga sangre del Terrier de Manchester en su ascendencia.*

Variedades: *de izquierda a derecha, negro, marrón, azul y canela.*

EL HUSKY SIBERIANO

CARACTERÍSTICAS

Carácter De confianza, perro de trineo de tamaño medio.
Ejercicio Este perro tiene una resistencia considerable y puede desarrollar una gran velocidad, no es adecuado para las ciudades o barrios periféricos.
Cuidados Cepillado y peinado a diario. Frotar con una toalla cuando el manto se haya mojado. Cambio de pelo anual, es cuando el pelo sobrante necesitará ser peinado.
Alimentación De 11/2 - 21/2 latas (de 400 gr) de un producto cárnico de marca conocida, añadiendo galletas a partes iguales.
Longevidad Una media buena.
Faltas Tendencia a vagabundear. Puede ser destructivo.

CAPAZ DE UNA GRAN VELOCIDAD Y RESISTENCIA, el Husky siberiano es además de un perro de trabajo de tamaño medio, un perro de trineo con una larga historia de amistad con el hombre. También es bueno para los niños. No obstante es una raza que necesita espacio y adiestramiento sino puede dedicarse a vagabundear y a molestar a las aves de corral e incluso puede volverse destructivo.

Este es un perro que no dirá que no si le hace retirarse de al lado del fuego en invierno. De hecho, cuanto más frío hace mejor para este animal. Fue criado por las tribus nómadas Chukchi del noreste de Asia con el deseo de producir un perro fuerte que pudiera combinar los papeles de compañero y cazador con el de un veloz perro de trineo.

Actualmente atrae a mucha gente a las exposiciones de perros, se usa como perro de búsqueda y rescate y se le relaciona en todo el mundo con el deporte de las carreras de trineos.

Se originó en la región del río Kolyma de Siberia, que se extiende hacia el este hasta el estrecho de Bering, y lo importaron por primera vez a Alaska en 1909.

El Husky siberiano pesa de 20-27 Kg. (45-60 lb), las hembras de 16-23 Kg. (35-50 lb). Los hay de todos los colores y marcas, incluyendo el blanco. Varias marcas en la cabeza son comunes e incluyen sorprendentes formas que no se encuentran en otras razas.

Este es un perro que no muestra agresividad hacia los extraños, o otros perros, pero se vuelve en cierta forma reservado en la madurez; los machos miden 53-60 cm (21-231/2 in), y las hembras 51-56 cm (20-22 in).

Parte superior *El Malamute de Alaska, como el Husky, es una raza de Spitz. Es más fuerte que el Husky y puede arrastrar pesadas cargas.*

Arriba *Un cachorro de Husky siberiano. Los Huskys no se cansan nunca, les gusta trabajar y son compañeros leales.*

Derecha *Cachorros de Samoyedo mostrándonos la famosa «sonrisa de samoyedo». El Samoyedo es una raza contenta, amistosa, inteligente, popular en las pruebas de obediencia y en las exposiciones.*

Variedades: *Parte superior de izquierda a derecha, blanco y negro: gris, plateado y blanco; y negro con bronceado: en la parte de abajo de izquierda a derecha; blanco; gris y blanco y canela.*

EL TERRANOVA

UN AMABLE GIGANTE, capaz de trabajar duro, pero adecuado como animal de compañía siempre que haya espacio suficiente. El Terranova se lleva bien con otros animales, y se puede tener incluso con miniaturas.

Como el Border Collie, tiene el instinto natural de rodear todo aquello que se mueva. El Terranova tiene el instinto de nadar mar adentro para rescatar cualquier cosa en el agua, nadando de vuelta con lo que sea y poniéndolo a salvo.

La raza es originaria del noreste de Canadá, a cuyos puertos llegaban a menudo pesqueros para evitar el mal tiempo. Se cree que los perros de estos barcos se aparearon con los perros locales cuyos antepasados incluían perros americanos nativos y perros pastores vascos, para producir el terranova.

Este es el perro amado por el poeta Byron, cuyo Terranova «Boatswain»está enterrado en su antigua casa, Newstead Abbey. También se hizo famoso a través de las pinturas de Sir Edward landseer (1802-1873) de donde la variedad con marcas blancas y negras tomó su nombre.

La altura media del Terranova es de 71 cm (28 in), las hembras 66 cm (26 in), mientras que su peso es de 64-68 Kg. (140-150 lb), hembras 50-54 Kg. (110-120lb).

Los colores permitidos son negro, marrón y «landseer».

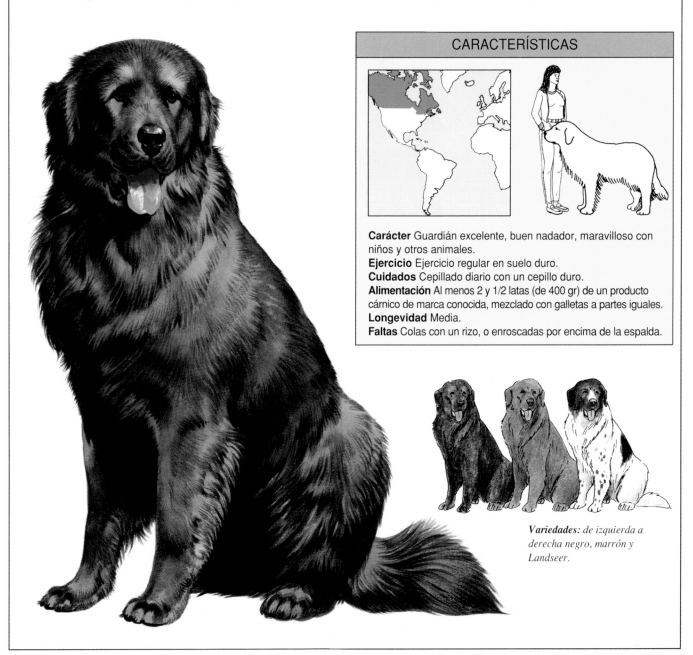

CARACTERÍSTICAS

Carácter Guardián excelente, buen nadador, maravilloso con niños y otros animales.
Ejercicio Ejercicio regular en suelo duro.
Cuidados Cepillado diario con un cepillo duro.
Alimentación Al menos 2 y 1/2 latas (de 400 gr) de un producto cárnico de marca conocida, mezclado con galletas a partes iguales.
Longevidad Media.
Faltas Colas con un rizo, o enroscadas por encima de la espalda.

Variedades: de izquierda a derecha negro, marrón y Landseer.

EL MASTÍN

EL MASTÍN es un perro guardián fuerte y antiguo, lo encontramos ya en Gran Bretaña cuando llegó Julio Cesar en el 55 a.C. Se dice que en aquellos tiempos, el Mastín ya estaba luchando al lado de sus amos británicos. A partir de ahí, los romanos se llevaron varios de estos perros fuertes para luchar en las arenas de Roma.

Hay, no obstante, fuentes que acreditan que el Mastín se originó en el este, creen que sus antepasados se remontan a los Mastines tibetanos.

Deberíamos tomar nota de que el Mastín es una raza completamente diferente del Bull Mastín, que es un cruce entre el mastín y un Bulldog inglés. El Mastín es el más grande de los dos.

El Mastín, como antiguo perro guardián y perro de guerra, fue criado sin ninguna duda para la violencia. Pero ahora, se ha criado al Mastín para que esto no sea así, por lo que actualmente es un compañero valiente y amistoso, bueno con los niños, aunque algunas veces cauto con los extraños. No obstante, no es un «perro para principiantes» y sería una

CARACTERÍSTICAS

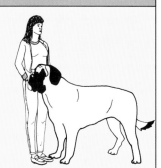

Carácter Valiente, inteligente y leal.
Ejercicio Necesita mucho ejercicio. Es mejor tenerlo en una granja o finca.
Cuidados Cepillado diario.
Alimentación De 21/2 - 4 latas (de 400 gr) de un producto cárnico de marca conocida, añadiendo galletas a partes iguales.
Longevidad Media
Faltas Tendencia a la cojera. Compruebe con el veterinario si está bien.

tontería con un perro de este tamaño no invertir una considerable cantidad de tiempo en adiestramiento.

El Mastín mide 76 cm (30 in), las hembras 70 cm (271/2 in). Los colores son cervato-albaricoque, cervato-plateado o un cervato oscuro manchado. En todos los casos, hocico, orejas ojos y nariz deberían ser negros con órbitas redondas, con el negro extendiéndose hacia arriba entre ellos.

Variedades: de arriba a bajo
cervato, manchado y plateado.

El Boxer

Para la familia con niños pequeños, el Boxer es una excelente elección. Es bastante exuberante, y le cuesta bastante tiempo crecer, pero generalmente es adecuado para la familia media, especialmente si hay alguien que pueda llevarlo a dar grandes paseos por el campo. No obstante, en verano no se le debería llevar de paseo a las horas de más calor. A los Boxers también se les puede adiestrar para obediencia y han sido usados por la policía, en las fuerzas armadas y como perros guía para los ciegos.

Los antepasados del Boxer se remontan a los perros «holding» de tipo Molossus (Mastín), que eran llevados por los romanos a la batalla contra los salvajes Cimbrianos. La mandíbula que es como la del Bulldog, es con prognatismo —un rasgo común en los «Bull acosadores»—. El «Bull acosador» Brabant, del que evolucionó el Bulldog inglés, también tomó parte en la evolución del Boxer.

El Boxer mide 57-63 cm (221/2-25 in), las hembras 53-59 cm (21-23 in) y los hay en canela o manchados. El boxer completamente blanco, que es un animal de compañía atractivo, es aceptable en las exposiciones. En muchos países se le cortan las orejas.

Arriba Un par de Boxers con las orejas cortadas. Este procedimiento, que es común en los Estados Unidos y Europa, hace que las orejas queden erguidas y puntiagudas.

Izquierda Los Boxers descienden de mastines, como el Bull mastín, que tiene el característico prognatismo y el fuerte cuerpo.

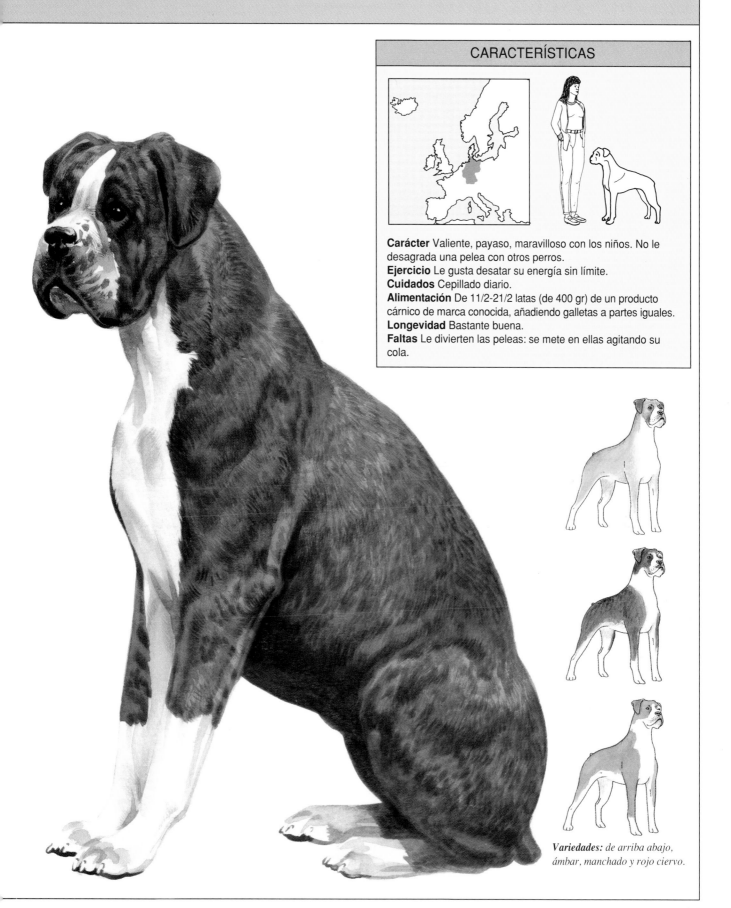

CARACTERÍSTICAS

Carácter Valiente, payaso, maravilloso con los niños. No le desagrada una pelea con otros perros.
Ejercicio Le gusta desatar su energía sin límite.
Cuidados Cepillado diario.
Alimentación De 11/2-21/2 latas (de 400 gr) de un producto cárnico de marca conocida, añadiendo galletas a partes iguales.
Longevidad Bastante buena.
Faltas Le divierten las peleas: se mete en ellas agitando su cola.

Variedades: de arriba abajo, ámbar, manchado y rojo ciervo.

95

EL SAN BERNARDO

ESTE GIGANTE BONACHÓN es un animal de compañía ideal para la familia y para aquellos que tengan espacio para acomodarlo. No obstante, debes tener cuidado al seleccionar un cachorro San Bernardo lo mejor es ir a una perrera conocida por producirlos libres de displasia de cadera (a la cual la raza es propensa) y con el buen carácter por el que son conocidos.

La raza toma su nombre del refugio de St. Bernard en los Alpes que se fundó poco antes del año 1.000 d.C. por un joven noble, Bernard de Menthon. Su propósito era dar cobijo a los viajeros que cruzaban el paso, y a aquellos que podían haber sido enterrados por la nieve.

Izquierda El Perro Pastor de Anatolia es ágil y fuerte. Es fácil de adiestrar, pero es desconfiado con los extraños, haciéndolo un buen perro guardián.

Variedades: de izquierda a derecha, naranja, caoba y manchado.

Derecha El Perro de Montaña de Estrela es fuerte y robusto. Aunque tranquilo con su amo, no es bueno con los extraños. Aunque originalmente es un perro pastor, también es un buen perro guardián.

Después de la muerte de Bernard el refugio continuó ofreciendo hospitalidad, pero no fue hasta mediados del siglo XVII, cuando los monjes, que para entonces llevaban el refugio, tomaron la decisión de conseguir la ayuda de perros capaces de soportar los rigores de los Alpes para rescatar viajeros.

Algunas fuentes acreditan a estos monjes el cruce de Mastines alemanes con Perros de Montaña del Pirineo para crear el San Bernardo, aunque es más probable que sea un descendiente del mastín tibetano.

La raza casi se extinguió alrededor de 1820, pero un grupo de aficionados a los perros continuaron criándolos y tuvieron el éxito de producir el buen perro que conocemos actualmente.

Hay, de hecho, dos tipos de San Bernardo: de pelo largo y de pelo corto. Los monjes se concentraron en los de pelo corto, porque la nieve se puede meter en el pelo largo y formar carámbanos, impidiendo el trabajo del perro.

LO GRANDE ES HERMOSO

Por su enorme estatura —no tienen un estándar, pero cuanto más grandes son mejor para las exposiciones, siempre que se mantenga la simetría— y lo que cuesta alimentarlos, no se ven demasiados San Bernardos, pero los que se ven, son en general de buena calidad.

El color del San Bernardo puede ser naranja, caoba, manchado (o rojo-manchado), blanco con manchas en el cuerpo de cualquiera de los colores mencionados. Las marcas son; morro blanco; estrella blanca en la cara; collar blanco; pecho blanco; patas delanteras, y los pies y el final de la cola blancos; con sombras negras en la cara y las orejas.

CARACTERÍSTICAS

Carácter Un perro de rescate en montaña, tranquilo, sensible, de toda confianza y valiente.
Ejercicio Mucho. Sin embargo no demasiado antes de la edad adulta.
Cuidados Peinado y cepillado regular para mantener el manto en buenas condiciones y evitar que se le caiga el pelo.
Alimentación Al menos 2 latas y media (de 400 gr) de un producto cárnico de marca conocida, añadiéndole galletas a partes iguales.
Longevidad No tiene una vida muy larga.
Faltas El pecho nunca debería proyectarse por debajo de los codos. Está sujeto a deformidades de cadera.

Se cuenta muy a menudo la historia de Barry, un miembro de la raza en el famoso albergue, el cual, entre 1800 y 1810, se le reconoce que salvó al menos cuarenta vidas. Sin embargo, el San Bernardo tiende a ser asociado por la mayoría de la gente con una famosa marca de coñac, que los usó durante muchos años en su publicidad.

EL KOMONDOR

CARACTERÍSTICAS

Carácter Guardián excelente, cauto con los extraños. No es para inexpertos, pero es extremadamente leal al amo.
Ejercicio Los cachorros son especialmente activos. Los adultos necesitan una buena cantidad de ejercicio, que debe ser con correa si es en la ciudad.
Cuidados El komondor tiene un manto grueso y doble. El interior es suave y lanoso, el exterior largo, áspero, y ondulado. El manto toma forma de cuerdas parecidas a bucles que no se peinan o cepillan nunca, aunque hay que evitar que se enreden.
Alimentación Al menos 2 latas y _ (de 400gr) de un producto cárnico de marca conocida, añadiendo galletas a partes iguales.
Longevidad Buena.
Faltas Incluyen las orejas erguidas o parcialmente erguidas.

EL KOMONDOR —el plural en húngaro es Komodorok— es un perro grande y blanco que parece una bayeta. Ha sido criado en su Hungría nativa desde hace más de 1.000 años, y es uno de los perros guardianes mejores del mundo, criado para guardar rebaños y posesiones. También protegerá a los niños y a los animales de granja con su vida. Sin embargo, no acoge a los extraños demasiado amablemente y vive mejor en el campo. También, aunque vivirá felizmente dentro de casa, está condicionado para vivir en una perrera fuera ya que su manto de cuerdas es impenetrable al frío.

Los perros miden 80 cm(311/2 in) de altos de media, las hembras 70 cm (271/2 in) de media. El color siempre es blanco. Idealmente la piel es gris, pero también se acepta el rosa.

El Old English Sheepdog

CARACTERÍSTICAS

Carácter De gran resistencia y de buen carácter. Se lleva bien con los niños y con los otros animales.
Ejercicio Mucho. Un buen jardín es esencial para esta bulliciosa raza.
Cuidados Cepillado a diario. Peinar con un peine metálico.
Preparación larga para exposiciones.
Alimentación Aproximadamente 2 latas y _ (de 400gr) de un producto cárnico de marca conocida, añadiendo galletas a partes iguales.
Longevidad Media.
Faltas Incluyen ojos claros.

Variedades: de izquierda a derecha gris, gris canoso y azul.

Se cree que el «Bobtail»o Old English Sheepdog ha sido el resultado de cruzar el Briard (pastor de brie) con el Owtscharka ruso, que está a su vez relacionado con los Perros Pastores Húngaros. Se usaba en Inglaterra como perro pastor de ganado vacuno y como guardián. Actualmente se tiene casi exclusivamente como animal de compañía, y aunque es un perro de buen carácter, no siempre es una buena elección para una casa en la ciudad por su enorme volumen y exuberancia.

La gran popularidad que tuvo en Inglaterra, a continuación de la aparición de esta raza en un anuncio de la televisión, ha resultado en que las sociedades protectoras se han visto inundadas de peticiones de parte de los propietarios, queriendo encontrar una nueva casa para sus «bobtails», que compraron en un impulso y que encuentran demasiado grandes para tenerlos en un apartamento, o pasearlo al lado de un cochecito. Pero en el ambiente adecuado es un compañero de primera clase, leal y sensible y bueno con los niños.

Miden 61 cm (24 in) o más, las hembras 56 cm (22 in) o más, el «bobtail»puede ser de cualquier tono de gris, gris canoso o azul. El cuerpo y la parte de atrás de color sólido con o sin calcetines blancos.

EL CORGI GALÉS: PEMBROKE Y CARDIGAN

EL CORGI GALÉS CARDIGAN es una de las razas más antiguas de Gran Bretaña, lo llevaron los celtas, desde el continente, hace más de 3.000 años. Se cree que sus antepasados son los mismos que los del Basset Hound alemán. Ha estado en Gales desde el siglo XI y se le menciona en el libro de Domesday instigado por Guillermo el Conquistador. Su papel tradicional siempre era conducir el ganado mordisqueándoles las patas, un hábito por el que es famoso, como saben a pesar suyo, los sirvientes de la reina Elisabeth II.

El Corgi Galés Pembroke fue a Inglaterra en compañía de tejedores flamencos, que fueron mandados llamar por Henry I en 1.107, para introducir su artesanía en Gales. Al Pembroke se le relaciona con varios perros nórdicos como el Samoyedo y el Elkhound noruego.

Los dos Corgis sólo empezaron a parecerse el uno al otro a mediados del siglo XIX, cuando se cruzaron los dos tipos. El Pembroke es más alto y más corto de cuerpo que el Cardigan que a su vez es reconocible al instante por su cola zorruna.

El Corgi Galés Gardigan mide 30 cm (12 in) desde la espalda y puede ser de cualquier color, con o sin marcas blancas. El blanco no debería predominar.

El Corgi Galés Pembroke mide 25,4-30,5 cm (10-12 in) desde la espalda. Los colores son rojizo, arena, canela, negro con tostado con o sin marcas blancas en las piernas, pecho y cuello. Están permitidas un poco de blanco en la cabeza y la frente.

Una palabra de aviso. No deje que su Corgi se suba y baje de las sillas saltando, ya que si pesa demasiado podría acabar con problemas en la espalda.

El Corgi es un animal de compañía popular, y también es un gran favorito entre los amigos de las exhibiciones.

Variedades de Pembroke: de izquierda a derecha, color arena, negro y tostado, rojo, y cervato.

Corgi galés (Pembroke)

Variedades de Cardigan: de izquierda a derecha, cervato y blanco, negro y blanco, rojo y blanco, arena, tostado, negro.

Izquierda El corgi Cardigan es una raza muy antigua que se originó en Europa. En el pasado se usaba como perro para el rebaño. Este tipo de manto se conoce como azul mirlo, es una mezcla de pelo gris, negro y azul.

Abajo El Corgi Pembroke es más largo de piernas y más corto en el cuerpo que el Cardigan. Los dos corgis fueron reconocidos como razas separadas en Gran Bretaña en 1934.

CARACTERÍSTICAS

Carácter Compañero leal, trabajador sin descanso y un buen guardián.
Ejercicio A pesar de su papel tradicional como trabajador, se adaptará a los paseos regulares. No los olvide o el corgi perderá la figura.
Cuidados Un cepillado a diario es todo lo que necesita esta raza de manto resistente al agua.
Alimentación Aproximadamente 3/4 de lata (de 400gr)de un producto cárnico de marca conocida, añadiendole galletas a partes iguales.
Longevidad Una buena media.
Faltas Tendencia inherente a mordisquear. El Cardigan tiene el temperamento ligeramente más tranquilo.

EL PERRO PASTOR ALEMÁN

Variedades: *de izquierda a derecha, negro y dorado, negro, gris, negro y tostado, blanco.*

ES UNO DE LOS PERROS MÁS POPULARES DEL MUNDO, al Pastor Alemán se le atribuye el lobo de la edad de bronce, y de hecho, alrededor del siglo VII, un perro pastor de este tipo, pero con un manto más claro, existía en Alemania. Hacia el siglo XVI el manto había oscurecido.

Se exhibió primero en Hanover en 1882, el pastor alemán fue introducido en Gran Bretaña después de la I Guerra Mundial por un grupo de aficionados que habían visto a esta raza trabajando en Alemania. Sin embargo, en aquellos tiempos se consideraba inapropiado glorificar a una raza con nombre alemán, por lo que se dió a conocer como alsaciano, en lugar de Pastor Alemán; no volvió a su nombre original y correcto hasta 1971. Hay muchos actualmente que aún se refieren a la raza como alsaciano.

El Pastor Alemán es sin ninguna duda una de las razas más inteligentes. Ha luchado valientemente en la guerras, ha sido usado como perro guía para los ciegos, por la policía, en búsqueda y rescate y es un competidor con éxito en las pruebas de obediencia.

AMOR Y ADIESTRAMIENTO

Tristemente, la reputación que tiene esta raza de ferocidad es debida sobre todo, a miembros de la raza que han ido a parar a manos inapropiadas. El aburrido, intranquilo y nervioso Pastor Alemán puede por supuesto ser peligroso. Sin embargo, el perro adiestrado cuidadosamente, querido, y al que se le da una tarea que satisfaga

CARACTERÍSTICAS

Carácter Perro de trabajo versátil y alerta con un agudo olfato. Excelente guardián.
Ejercicio Necesita mucho. Es mejor canalizar su aguda inteligencia y exuberancia hacia tareas como obediencia y agilidad.
Cuidados Cepillado diario.
Alimentación De 11/2 a 21/2 latas (de 400gr) de un producto cárnico de marca conocida, añadiendo galletas a partes iguales.
Longevidad Buena media.
Faltas Incluyen una posible tendencia a guardar demasiado.

Arriba *El Groenendael es el más popular de las variedades de Perro Pastor Belga.*

su energía sin límite y aguda inteligencia, no debería tener problemas.

El Pastor Alemán es un fiel defensor de cualquier niño en la familia, sólo habrá problemas cuando, pueda malinterpretar un movimiento hacia el niño bajo su cuidado.

El Pastor Alemán está siempre «de guardia», notando cualquier movimiento de parte de un visitante que pueda constituir una amenaza para su amada familia. Enseñar a esta raza a ser agresiva es una gran estupidez. El instinto de defensa, si surgiera la necesidad, ya lo tiene.

Tristemente, el GSD, como se le llama con cariño (en Inglaterra), está sujeto a displásia de cadera —malformación en la articulación de la cadera—, que puede resultar en una cojera crónica antes de que alcance una mediana edad. Por esto, y por la gran popularidad de la raza es muy importante seleccionar un criadero con mucho cuidado con vistas a su comercialización se han criado en algunos sitios a partir de unos antepasados no muy buenos.

Miden 62,5 cm (25 in), las hembras 57,5 cm (23 in), los colores permitidos son negro o negro como si estuviera ensillado con tostado, o marcas desde el dorado al gris. Todo negro, todo gris, o gris con marcas en gris más claro o marrón se les llama Sables (negro). El Pastor Alemán blanco, aunque se usa mucho en las fuerzas armadas, y con un grupo de aficionados creciente, no está reconocido por el United Kingdom Kennel Club.

Izquierda *El Pastor Alemán es un descendiente directo del lobo. Está constantemente alerta, preparado para proteger a su familia, y le beneficia el que se le den tareas tanto de obediencia como de agilidad para realizarlas y así mantenerse ocupado.*

EL BORDER COLLIE

EL BORDER COLLIE (el término «border»se refiere a la frontera entre Inglaterra, Gales y Escocia) se ha convertido casi en un héroe popular a través de sus apariciones televisivas el las pruebas de perros pastores y en las competiciones de obediencia. Un pastor trabajador y fuerte es, sin ninguna duda, favorito de los adiestradores para obediencia y se ha llevado cada vez más, sin mucho acierto, a hogares en la ciudad como animal de compañía. Un pastor por naturaleza (cualquier cosa desde cerdos a humanos), un hogar no es quizás el mejor ambiente, para este trabajador que, mientras que adora a los niños, puede aburrirse y volverse mordedor por la falta de ejercicio, libertad y espacio.

Los Border Collies actuales son un linaje descendiente de los Collies de la Tierras Bajas y de los condados fronterizos de Escocia e Inglaterra. Son perros pastores trabajadores de un tipo distinto, y reconocible y han sido exportados, a menudo con un gran coste, a muchos países del mundo.

La altura ideal del Border Collie es de 53 cm (21 in), las hembras son ligeramente menores. Se permiten distintos colores, aunque el blanco no debería ser nunca el color predominante.

Un Border Collie joven se encogerá instintivamente en la presencia de ovejas. Los granjeros en general cogen a un Collie que este trabajando, más mayor, para que les enseñe lo que tienen que hacer.

Abajo *El Collie vulgar viene de las Tierras Bajas de Escocia, donde tiene una larga historia como perro pastor.*

Derecha *El Collie de pelo corto, por su falta de un grueso manto, nos muestra la figura atlética de los collies.*

Variedades: *Se permiten varias marcas, pero el blanco no debería predominar nunca.*

Derecha *Otro nativo de Escocia, el Bearded Collie (collie con barba) es un perro inteligente y vivaz al que le encanta hacer ejercicio.*

CARACTERÍSTICAS

Carácter Tenaz, gran trabajador como perro pastor y muy tratable. No es apropiado para vivir en la ciudad.

Ejercicio Amplio si no quiere que se aburra y se vuelva mordedor.

Cuidados Cepillar con un cepillo para caballos. Quitar el pelo muerto después de cepillarlo.

Alimentación De 1 a 1 y 1/2 latas (de 400gr) de un producto cárnico de marca conocida, añadiéndole galletas a partes iguales.

Longevidad Buena media.

Faltas Incluyen cualquier tendencia a la tosquedad o flaqueza.

EL GRIFFÓN: BRUXELLOIS Y BRABANÇON

HAY DOS VARIEDADES DE GRIFÓN: el áspero (Griffon Bruxellois y el liso, conocido más correctamente como el Griffon Brabançon. En USA se refieren a esta raza con el nombre de grifón de Bruselas.

El grifón es un cariñoso, inteligente y feliz perrito, con una expresión casi humana. Le encanta estar con su amo y le seguirá durante millas y millas, tanto si está cogiendo madera de deriva en una playa, como si está paseando tranquilamente en el parque. No obstante, aunque tengan la facilidad de seguir, no es una de las razas más fáciles para educar en la correa. La clave es la perseverancia.

Generalmente de buen carácter con los niños y otros animales, el grifón es un excelente perro para la casa, pero tiene tendencia a ladrar si no se le para. Como otras razas de nariz aplastada, hay que tener mucho cuidado de que no

CARACTERÍSTICAS

Carácter Fuerte, alegre, inteligente y leal.
Ejercicio Adaptable. No le gusta demasiado la correa. Le seguirá enormes distancias o simplemente a un paseo por el parque.
Cuidados Los de manto áspero necesitan «stripping», los de manto suave necesitan cepillado, frotar con una toalla y con gamuza.
Alimentación Aproximadamente _ lata (de 400gr) de un producto cárnico de marca conocida, añadiendo galletas a partes iguales.
Longevidad Tiene una larga vida.
Faltas Incluyen levantar demasiado las patas delanteras al andar.

Variedades: de izquierda a derecha, negro con tostado, negro y rojo.

pase demasiado calor en verano, de que tenga una ventilación adecuada y agua para beber.

La elección entre la variedad de manto áspero o liso, es una cuestión de preferencias personales. Los de manto áspero parecen conseguir más premios en las exposiciones, quizás porque hay muchos, pero su manto necesita muchísimos cuidados.

Muchas veces se refieren a él como «el mestizo en el mundo de los pura razas»se dice que el grifón se ha derivado del affenpinscher, mientras que el de manto liso, sin ninguna duda debe mucho al pug (carlino).

FAVORITO REAL

Se había usado en los establos para matar parásitos o pequeños animales, el Grifón se exhibió por primera vez en la exposición de Bruselas de 1880. Más tarde encontró una inmensa popularidad cuando la muy querida reina de

Arriba *Un Grifón de manto áspero o Griffon Bruxellois. Negro y tostado es una de las tres variedades de color. El manto áspero necesita cuidados regulares.*

los belgas Astrid se convirtió en aficionada a esta raza, sin embargo muchísimos fueron severamente reducidos durante los años de la guerra (1940-1945).

Actualmente el Grifón es querido y exhibido en muchos países del mundo.

El grifón pesa entre 2,2 a 5 Kg. (5-11 lb), aunque sería más deseable que pesara entre 2,7 a 4,5 Kg. (6-10 lb), y los hay en rojo claro, negro o negro y tostado rico, sin marcas blancas.

Arriba *El de manto liso, o griffon brabançon. Su cara muestra claramente su antepasado pug.*

Griffon: Bruxellois

EL AFFENPINSCHER

CARACTERÍSTICAS

Carácter Vivaz, cariñoso, confía en si mismo. Se toma a si mismo con cómica seriedad.
Ejercicio Adaptable tanto al campo como a la ciudad. Le gusta pasear.
Cuidados Recorte regular, cepillado diario.
Alimentación Aproximadamente _ lata (de 400gr) de un producto cárnico de marca conocida, añadiendo galletas a partes iguales.
Longevidad Buena.
Faltas Incluyen acciones reiterativas.

ESTE PERRO, con su apariencia de mono, tiene un nombre adecuado. El Affenpinscher es una raza alemana, y la palabra «affe» en alemán quiere decir mono. Los alemanes, a veces, llaman a este perrito el zwergaffenpinscher —«zwerg» significa enano—, y los franceses lo llaman «diablo con bigote». Es el más pequeño de los Schnauzers y Pinschers, pero ¡lucharía con un león si lo provocara!.

Hasta 1896, los Pinschers miniatura y los Affenpinschers se clasificaban como una sola raza. En ese año, sin embargo, se decretó que los de manto largo se llamarían a partir de entonces Affenpinschers y fueron exhibidos como tales en la exposición de Berlín.

De hecho el Affenpinscher lleva en Alemania, al menos, desde la edad media, y está en pinturas famosas de Jan Van Dick (1395-1441) y Albrecht Dürer (1471-1528). No obstante, a pesar de esta fuerte conexión germánica, existe la controversia, de si contribuyó, como se supone, en la creación del Grifón Bruxellois, o fue al revés.

Un pequeño compañero cómico y encantador con sus propias ideas, el Affenpinscher, que es negro, a veces con tonos grises, mide 24-28 cm (91/2-11 in) de alto y pesa 3-4 Kg. (61/2-9 lb).

EL PERRO CHINO CRESTADO

CARACTERÍSTICAS

Carácter Alegre, nunca vicioso, con muchísima energía y cariñoso.
Ejercicio Le gusta ir de paseo pero tiende a ejercitarse el solo corriendo de un lado para otro en casa.
Cuidados Bañarlo alrededor de cada tres semanas; la piel tiene que ser tratada con crema para bebes. La cresta y el penacho de la cola hay que cepillarlos. Para las exposiciones hay que afeitar cualquier pelo fuera de su sitio.
Alimentación Tiene un gran apetito pero de media comerá de 1/2 a 3/4 de lata (de 400gr) de un producto cárnico de marca conocida, añadiendo galletas a partes iguales.
Longevidad Media.
Faltas Incluyen ojos claros. Deberían ser tan oscuros como para parecer negros.

EL PERRO CHINO CRESTADO estaba casi extinguido hasta, 1966, en que Mrs. Ruth Harris de Gloucestershire en Inglaterra contactó con una anciana en Estados Unidos, que tenía los únicos ejemplares que quedaban de la raza. Mrs. Harris importó varios. La raza se mantiene tanto para las exposiciones como para animales de compañía.

Variedades: *de arriba a abajo, marrón manchado, azul, negro manchado, gris plateado.*

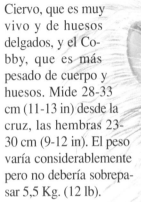

BORLAS DE POLVOS

Contento y disperso, el Chino Crestado es un perrito extremadamente activo, que simplemente no puede resistir la tentación de usar la habitación como circuito de carreras. Es, no obstante, encantador, razonablemente inteligente, de buen carácter y normalmente bastante fácil de educar en la correa. Extraños pero ciertos, son esos ejemplares peludos de la raza conocidos como borlas de polvos, aparecen en casi todas las camadas, y se cree que es el camino que sigue la naturaleza para mantener a los otros cachorros calientes.

El Chino Crestado tiene dos tipos de cuerpo distintos: el Ciervo, que es muy vivo y de huesos delgados, y el Cobby, que es más pesado de cuerpo y huesos. Mide 28-33 cm (11-13 in) desde la cruz, las hembras 23-30 cm (9-12 in). El peso varía considerablemente pero no debería sobrepasar 5,5 Kg. (12 lb).

EL TERRIER DE YORKSHIRE

EL TERRIER DE YORKSHIRE se ha vuelto tan popular que hay muchos especímenes en varios tamaños. El que no entiende de perros no sabrá si su animal es o no es una «miniatura». De hecho el estándar de la raza pide un perro de hasta 3 Kg. (7 lb) de peso, esto es solo 450 gr (1 lb) más que el estándar para el perro más pequeño del mundo, el Chihuahua. Sin embargo, no hay ninguna duda de que algunos de los Yorkies más grandes que vemos por la calle son animales de compañía resistentes y felices.

Con su agudo carácter de terrier en un envoltorio tan pequeño, el Yorkie es un compañero de primera clase, que vivirá felizmente tanto en un apartamento como en una granja. Sin embargo, el espécimen para las exposiciones

CARACTERÍSTICAS

Carácter Terrier alerta e inteligente en pequeño envoltorio.
Ejercicio Cansará a su amo o ama por completo, o dará un tranquilo paseo por el parque.
Cuidados Cepillado y peinado diario para el animal de compañía. Para el aspirante a exposiciones una preparación constante.
Alimentación Aproximadamente _ lata (de 400 gr) de un producto cárnico de marca conocida, añadiendo galletas a partes iguales.
Longevidad El Yorkie de 16 años no es una rareza, pero por supuesto no hay una ley fija.
Faltas Descrito como el tirano del mundo de los perros, puede muy bien mandar más que usted, en su casa, si le deja hacer.

Arriba *El Terrier de Malta es una de las razas de perros más antiguas. Podemos encontrarlo en la época romana.*

Derecha *El manto del Yorkie debería ser azul oscuro metalizado, con el pecho de un rico tostado. Necesita cuidados diarios para mantenerlo con buen aspecto.*

tiende a llevar una vida muy tranquila, pasándose la mayoría del tiempo con los bigudíes de papel puestos.

El origen de este pequeño perro es bastante nuevo. Podemos trazar sus antepasados desde hace sólo 100 años, cuando se cruzó un Skye Terrier con el viejo terrier negro y tostado. Existe el rumor de que el Terrier Maltés e incluso el Dandie Dinmont, pueden haber tenido un papel importante.

El Yorkie, cuyo manto debería caer recto hacia abajo, y a partes iguales en los dos lados, con la raya hecha desde la nariz hasta el final de la cola; debería ser azul oscuro metalizado (no azul plateado), extendiéndose desde el occipucio hasta la parte de arriba de la cola, nunca mezclado con pelos de color cervato, bronce u oscuros. El pelo de su pecho debería ser un tostado brillante y rico, y todo este pelo debería ser más oscuro en las raíces que en medio, cogiendo tonos incluso más claros en las puntas.

EL POMERANO

Variedades: de arriba a abajo, blanco, marrón, naranja, azul, castor, negro y crema.

EL POMERANO, FUE EL FAVORITO DE LA reina Victoria de Inglaterra hasta que lo echó el Pequinés Imperial, a menudo se piensa en él, equivocadamente, como el perro faldero de mujeres mayores. Se permite adaptarse bien a este papel, pero está bien equipado para emprender un paseo por el campo con su amo.

La raza, que está reconocida como de origen europeo, toma su nombre de Pomerania. Sin embargo, siendo un Spitz pequeño es más que probable que sus inicios fueran en el circulo Ártico. Antes era un perro mucho más grande, de hasta 13,6 Kg. (30 lb) de peso, pero luego lo criaron más pequeño. Hasta 1896 las exposiciones estaban divididas en distintas clases para los poms, por encima y por debajo de este peso. Desde 1915, la variedad de más de 3,6 Kg. (8 lb) ha sido eliminada.

El Pomerano, con su cabeza zorruna y su inteligente expresión, tiene distintos colores, pero no debe tener tonos negros o blancos. Los colores sólidos son blanco, negro, marrón, azul claro u oscuro (tan pálido como sea posible), naranja (tan sólido y brillante como sea posible), castor, y crema. Los de color crema tienen la nariz y el borde de los ojos negros. Los blancos no deberían tener mezclado color limón o cualquier otro.

CARACTERÍSTICAS

Carácter Alegre, resistente y leal. Se cree que es un perro mucho más grande.

Ejercicio Algunos poms se ejercitan en el jardín o el parque, otros dan largos paseos en el campo con sus amos.

Cuidados Se necesita mucho tiempo para cuidar el doble manto de los poms, uno corto y esponjoso en el interior, y uno largo y liso en el exterior. Cepillado diario con un cepillo duro. Recortar regularmente.

Alimentación Aproximadamente _ lata (de 400 gr) de un producto cárnico de marca conocida, añadiendo galletas a partes iguales.

Longevidad Muchos viven hasta bien pasados los diez.

Faltas Incluyen los ojos demasiado separados.

EL PINSCHER MINIATURA

EL DELICIOSO Pinscher Miniatura (conocido comunmente como «min pin»no es, como muchos suponen, un Doberman miniaturizado. Es una raza más antigua, descendiente del Pinscher alemán de pelo liso a la cual probablemente contribuyeron el Dachshund y el Galgo italiano.

El Min Pin es un pequeño perro de andares altos, un «showman»por naturaleza, y es un placer mirarlo. Tiene, no obstante, sus propias ideas, y como otras razas de perros pequeños, tiene tendencia a ladrar si se le permite. Es tan atractivo que la mayoría de los propietarios le dejan hacer cualquier cosa.

CARACTERÍSTICAS

Carácter No tiene miedo a nada, creído de si mismo, con mucha energía. Inteligente y fácil de cuidar.
Ejercicio Apropiado tanto para el campo como para la ciudad, se adaptará a las necesidades de su amo.
Cuidados Cepillado diario y frotar con gamuza.
Alimentación Aproximadamente _ lata (de 400 gr) de un producto cárnico de marca conocida, añadiendo galletas a partes iguales.
Longevidad Buena media.
Faltas Incluyen corvejón desviado hacia dentro o hacia fuera.

Mide desde la cruz de 25,5-30 cm (10-12 in), el Pinscher Miniatura puede ser negro, azul, chocolate con marcas tostadas muy bien definidas, o un rojizo sólido.

A propósito, recibió categoría de pura raza (pedigrí) en 1895 del club Pinscher-Schnauzer alemán.

Variedades: de arriba a abajo, negro, cervato, azul, y chocolate con tostado.

EL PEQUINÉS

CARACTERÍSTICAS

Carácter Reservado, digno, un pequeño perro de calidad, bien equilibrado.

Ejercicio A pesar de su apariencia encantadora en las exposiciones, con lo que más disfruta el Pequinés es con una carrera en el barro. Los paseos por el parque, de todas formas, serán suficientes.

Cuidados Cepillado diario con un cepillo de cerdas suaves. Es mejor arreglar la parte de abajo con el peke sobre su espalda.

Alimentación Aproximadamente _ lata (de 400 gr) de un producto cárnico de marca conocida, añadiendo galletas a partes iguales.

Longevidad Puede muy bien vivir pasados los diez.

Faltas Incluyen cráneo redondeado.

EL PEQUINÉS, parece siempre consciente de su pasado real. De hecho, vino al oeste después de 1860 cuando las tropas británicas saquearon y quemaron el palacio de verano de Pekín. Se encontraron cinco Pequineses en las habitaciones de las mujeres y se los llevaron a Inglaterra. Uno, apodado «Looty», fue presentado a la reina Victoria y pasó a ser un gran favorito, siendo pintado por el artista Landseer.

DEVOCIÓN POR LOS PERROS

El Peke puede no recibir la misma devoción que cuando las esclavas, en el palacio imperial, eran usadas como amas de cría, para amamantarlos y los eunucos se empleaban para cuidarlos, pero aún se las arreglan para conseguir cualquier capricho que deseen, tienen caracteres muy fuertes y el dueño tiene que ganarse su afecto. Una vez ganado uno no podría desear un compañero más fiel.

Abajo El Spaniel Tibetano es probablemente un descendiente del Lhaso Apso y de los Spaniels Chinos. Se consideraba sagrado y llevaba una vida que era vigilada cuidadosamente en palacios y monasterios.

Variedades: *de izquierda a derecha, arena, galleta con blanco, negro con tostado, marrón con blanco, rojizo, blanco y negro.*

No es un perro de perrera, sino un compañero que aprecia la libertad de estar en casa.

El peso ideal para el Pequinés no debería sobrepasar los 5 Kg. (11 lb), las hembras 5,5 Kg.(12 lb). También están los que se llaman «Sleeve»(llamados así, según parece, porque los llevaban los mandarines en las amplias mangas de sus trajes), que no pesan más de 2,75 Kg. (6 lb). La raza tiene varios colores y marcas aceptados, excepto los albino e hígado que están fuera de la ley. Los multicolores deberán ser equilibrados.

Izquierda *El Chin Japonés desciende probablemente del Pequinés y del Spaniel Tibetano.*

Llegó a Europa por primera vez durante el siglo XV.

EL SPANIEL CAVALIER KING CHARLES

UNA RAZA «TOY» BASTANTE GRANDE, el Cavalier es muy popular por su buen carácter y su apariencia atractiva. Es un compañero fiel, y cariñoso, de confianza con los niños, y atrae a muchísima gente en las exposiciones.

Debe haber mucha gente que va a buscar a un Cavalier o a un Spaniel King Charles y vuelven a casa con el otro simplemente porque no conocen las diferencias. De hecho, el Cavalier es más grande, y a diferencia del cráneo bien redondeado del spaniel king charles, el cavalier es casi plano entre las orejas, y su stop es mucho menos profundo. Es una cuestión de elección porque los dos comparten las mismas características.

Los antepasados tanto del Cavalier como del King Charles eran comunes. Los antepasados del King Charles se remontan a Japón hace 2.000 años y se hizo popular en la corte de los Estuardos en la Inglaterra del siglo XVI. Se ha contado a menudo, como el rey Carlos II de Inglaterra pasaba más tiempo jugando con sus Spaniels en las cámaras del consejo que atendiendo a los asuntos de estado y como se llevaba a su animal de compañía a sus habitaciones.

De hecho, el King Charles era más como el Cavalier, con una nariz más larga. Cuando los perros chatos se pusieron de moda apareció el King Charles tal y como lo conocemos ahora, el antiguo tipo casi había desaparecido, hasta que a finales de 1920 un grupo de aficionados decidieron volver a criar el antiguo tipo - Al que muy sabiamente pusieron el prefijo de «Cavalier».

El Cavalier pesa 5,4-8 Kg. (12-18 lb) y tiene varios atractivos colores: negro y tostado, rubí (de un sólido rojizo muy rico), Blenheim (un rico avellana en las marcas bien definidas en un fondo blanco perla) y tricolor (blanco y negro rotos bien definidos por el tercer color).

Variedades: de izquierda a derecha, Blenheim, rubí, tricolor y negro con tostado.

Cavalier King Charles

CARACTERÍSTICAS

Carácter Deportivo, cariñoso y sin miedo. Animal de compañía ideal, bueno con los niños.

Ejercicio No debería ser sacado fuera a una perrera, pero el Cavalier disfruta de un paseo con su amo.

Cuidados Cepillado diario con un cepillo de cerda. Los ojos deberían mantenerse limpios de restos de lágrima.

Alimentación Aproximadamente 1/2 lata (de 400 gr) de un producto cárnico de marca conocida, añadiendo galletas a partes iguales.

Longevidad Buena.

Faltas Incluyen que como resultado de su gran popularidad pueda haber perros de muy baja calidad - elija a su criador con cuidado.

Arriba El cavalier King Charles tiene una cabeza plana entre las orejas, y lo podemos encontrar en varios colores, incluyendo el Blenheim (blanco y avellana) que se muestra aquí.

Izquierda El Spaniel King Charles tiene una cabeza redondeada y unas orejas muy largas.

EL CHIHUAHUA: DE PELO LARGO Y DE PELO CORTO

Izquierda El Chihuahua de pelo largo. A Pesar de su pequeño tamaño, los Chihuahuas son muy inteligentes y valientes.

CARACTERÍSTICAS

Carácter Fiel, payasete, muy inteligente. Un espléndido guardián en miniatura.

Ejercicio No se deje engañar y no crea que los Chihuahua son para llevar en brazos. Se pueden llevar pero se sorprenderá al ver lo que disfrutan con un buen paseo.

Cuidados Cepíllelo con un cepillo suave y frótelo con terciopelo o gamuza para que el manto brille. No se olvide de los restos de lágrima alrededor de los ojos.

Alimentación Entre 1/3-1/2 lata (de 400 gr) de un producto cárnico de marca conocida, añadiendo galletas a partes iguales.

Longevidad Puede muy bien vivir pasados los diez, pero los ejemplares especialmente pequeños raramente lo hacen.

Faltas Incluyen las orejas dobladas o con la punta doblada.

EL CHIHUAHUA es el perro más pequeño del mundo, su peso ideal está entre 0,9-2,7 Kg. (2-6 lb), pero hay muchos ejemplares que están por encima o por debajo del peso estándar que son buenos animales de compañía. Cualquiera que sea su peso, los Chihuahuas no se consideran a si mismos perros pequeños. Piensan que son enormes, y son lo suficientemente temerarios como para enfrentarse a todos. Es típico de un Chihuahua el correr y ladrar, por ejemplo, a un Doberman que, si tiene suerte, lo tratará con desdén.

A pesar de que se llevará bien con otros animales, el Chihuahua prefiere estar con los de su especie. Adora a su amo, aunque al cachorro o recién llegado le llevará cierto tiempo dar, sin reservas, toda su confianza y está determinado, desde el principio, a ser el miembro VIP de la casa. Puede ser pequeño, pero es increíblemente inteligente.

El Chihuahua toma su nombre del estado mejicano del mismo nombre, y tiene la reputación de haber sido el perro sagrado de los Incas. Desde la evidencia podemos decir que es probable que los perros sin pelo que fueron a América del Sur desde China participaran en producir al delicioso Chihuahua.

DE PELO CORTO Y LARGO

Los Chihuahuas pueden ser de dos tipos, pelo corto y largo, y el que usted elija es cuestión de preferencias personales. Algunos prefieren los perros de pelo corto otros prefieren el encanto del pelo largo, o simplemente les encanta tener un manto exuberante que cepillar. Hubo un tiempo en que se permitía cruzar los dos tipos, por lo que uno podía tener los dos pelo corto y largo en la misma camada, pero esto ya no está permitido y hay distintas clases de exposición para los dos tipos. Los de pelo largo son más populares actualmente.

El Chihuahua puede ser de cualquier color o mezcla de colores, incluyendo azul y chocolate. Los ojos son oscuros o, en el caso del chocolate, rubí. Ojos claros en colores claros están permitidos.

Derecha *El Papillon, llamado así por la forma de alas de sus orejas. Sus orígenes no son claros, pero puede ser un descendiente en parte del Chihuahua. Era una raza muy de moda en Europa.*

Variedades: *Arriba, de izquierda a derecha, crema, cervato, blanco y negro: abajo de izquierda a derecha, marrón y tostado, marrón y blanco, y negro y tostado.*

Chihuahua: de pelo largo.

El Galgo Italiano

El GRACIOSO Galgo Italiano es un Galgo en miniatura pero de proporciones más esbeltas. Es un animal de compañía muy cariñoso y sensible, que necesita mucho ejercicio. Sin embargo, da miedo el que se publicara recientemente que era «el animal de compañía ideal»: hay que recordar que es un animal para gente muy cuidadosa, gente que entiende que una cierta torpeza al andar puede llevar a una pierna rota, que el pequeño italiano necesita siempre un abrigo cuando hace frío, y que las palabras severas producen en este delicado animal mucho dolor.

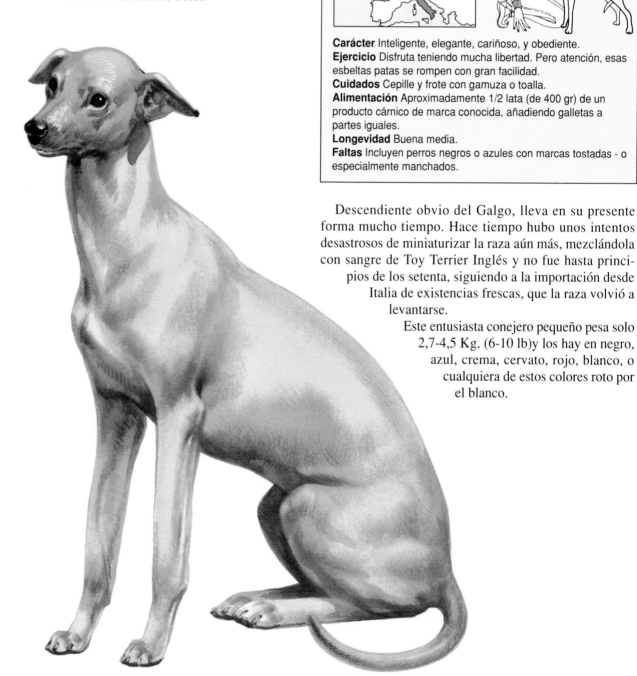

CARACTERÍSTICAS

Carácter Inteligente, elegante, cariñoso, y obediente.
Ejercicio Disfruta teniendo mucha libertad. Pero atención, esas esbeltas patas se rompen con gran facilidad.
Cuidados Cepille y frote con gamuza o toalla.
Alimentación Aproximadamente 1/2 lata (de 400 gr) de un producto cárnico de marca conocida, añadiendo galletas a partes iguales.
Longevidad Buena media.
Faltas Incluyen perros negros o azules con marcas tostadas - o especialmente manchados.

Descendiente obvio del Galgo, lleva en su presente forma mucho tiempo. Hace tiempo hubo unos intentos desastrosos de miniaturizar la raza aún más, mezclándola con sangre de Toy Terrier Inglés y no fue hasta principios de los setenta, siguiendo a la importación desde Italia de existencias frescas, que la raza volvió a levantarse.

Este entusiasta conejero pequeño pesa solo 2,7-4,5 Kg. (6-10 lb)y los hay en negro, azul, crema, cervato, rojo, blanco, o cualquiera de estos colores roto por el blanco.

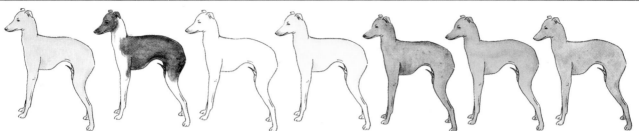

Variedades: *de izquierda a derecha, cervato, negro y blanco, blanco, crema, negro, rojo, y azul.*

Derecha *El Whippet desciende del Greyhound o Galgo Inglés, cruzado con sangre de Terrier. Se crió por primera vez en el siglo XIX en el norte de Inglaterra, para la caza de la liebre.*

EL TERRIER AIREDALE

Izquierda A pesar de ser un Terrier típico, el Terrier de Gales se adapta bien a la vida en familia.

Abajo El Terrier Lakeland está relacionado con el Terrier de Gales, que a su vez comparte antepasados en común con el Airedale.

CARACTERÍSTICAS

Carácter Amistoso, valiente e inteligente. Bueno con los niños.
Ejercicio Necesita mucho, especialmente si vive en la ciudad.
Cuidados Cepillado diario con un cepillo rígido. Corte profesional «stripping» dos veces al año.
Alimentación Aproximadamente 1-11/2 latas (de 400 gr) de un producto cárnico de marca conocida, añadiendo galletas a partes iguales.
Longevidad Buena media.
Faltas Incluyen orejas colgantes, o implantadas demasiado altas.

EL AIREDALE es el más grande de los Terriers y lo que podría ser descrito como un «británico de pura cepa», toma el nombre de su lugar de origen el valle Aire (dale) de Yorkshire. Los guardabosques de Yorkshire tenían Terriers para controlar a los pequeños animales, y estos Terriers fueron, sin duda, cruzados con el Otterhound para producir el airedale. Es excelente para las ratas, patos, y puede incluso ser adiestrado para la caza con escopeta y, por supuesto, en obediencia.

El Airedale tiene un carácter estable, le gusta formar parte de la familia y es un espléndido compañero de juegos para los niños. Sin embargo, mientras que algunos

Airedales son dóciles como corderos también los hay, que no les molesta una buena pelea con otros perros, cazar motos y hacer de ellos mismos una molestia. Por lo que es de vital importancia comprar el cachorro en un criadero, donde los críen con los dos rasgos, calidad y carácter. A un buen Airedale es una alegría y un placer contemplarlo. De todas formas, el Airedale para exposición tiene que ser «stripped» (vaciado de pelo especial) a mano, un arte que tiene que ser aprendido por el propietario si no se quiere gastar esa cantidad.

A propósito, el airedale trabajó como perro policía antes de que el Pastor Alemán acaparara ese papel. También ha sido un perro de patrulla para la policía de puertos y trenes y ha servido en las fuerzas armadas.

A pesar de su tamaño, 58-61 cm (23-24 in), las hembras 56-59 cm (22-23 in), el Airedale es un perro que puede vivir feliz en la ciudad, siempre que reciba el suficiente ejercicio.

Los colores son, ensillado en negro con la parte de arriba del cuello y de la cola también negros, el resto en tostado. Y gris.

Variedades: de arriba a abajo, negro y tostado y gris.

EL TERRIER DE NORFOLK (Y EL TERRIER DE NORWICH)

CARACTERÍSTICAS

Carácter Encantador, fuerte y activo. Un buen animal de compañía.

Ejercicio Como la mayoría de los Terriers, no hay nada que les guste más a estos perritos que una buena carrera en el campo, pero se adaptará a la vida en la ciudad.

Cuidados Peinado y cepillado rutinarios. Cierto «triming».

Alimentación De 1/2 a 1 lata (de 400 gr) de un producto cárnico de marca conocida, añadiendo galletas a partes iguales.

Longevidad Buena esperanza de vida.

Faltas Incluyen tendencia a cazar pequeños animales de granja, si no se les impone disciplina. (Les encanta la vida en la granja y pueden ser enseñados a guardar en lugar de a cazar los animales).

Arriba El Border Terrier o Terrier de la Frontera, viene de la frontera Inglaterra/Escocia. Es un buen cazador, fuerte y rápido y ha sido usado para mejorar otras razas.

Variedades: de arriba a abajo, color de trigo, rojo, gris y negro con tostado.

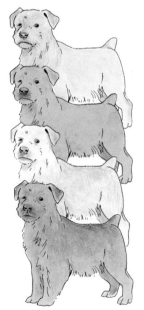

LOS TERRIERS DE NORFOLK Y NORWICH son prácticamente idénticos excepto las orejas: las del de Norfolk son caídas y las del de Norwich son erguidas. El de Norfolk también tiene un cuello ligeramente más largo. Un buen truco para distinguir las razas es recordar que las orejas del de Norfolk son llanas como el condado, y las orejas hacia arriba del de Norwich ¡son como las torres de la catedral de Norwich!.

Estos dos Terriers fueron desarrollados en Inglaterra alrededor de 1880. Antes, alrededor de 1860, un tal coronel Vaughan de Ballybrick en Irlanda había cazado con un grupo de pequeños Terriers rojos que habían evolucionado del Terrier Irlandés, de éstos salieron los Terriers de orejas erguidas y los de orejas caídas. Hubo un tiempo en que las orejas de los Terriers de orejas caídas eran cortadas, pero después de muchas protestas se ilegalizó esta práctica.

También se le acredita la evolución del Terrier de Norwich a Jodrell Hopkins, un tratante de caballos de Trumpington, Cambridge. Mr. Hopkins tenía una perra, algunos de cuyos cachorros fueron comprados por un empleado suyo, Frank Jones. Jones los cruzó con otros Terriers, incluyendo al Terrier Glen of Imaal, y llamó a los descendientes Terriers «Jones» o «Trumpington». Estos perros fueron especialmente populares entre los estudiantes en la Universidad de Cambridge quienes los llamaban «Jones Terriers»y no fue hasta después de la I

Terrier de Norfolk

Guerra Mundial cuando se empezó a usar el nombre Terrier de Norwich.

En 1964 los Terriers de Norfolk y Norwich fueron reconocidos como una raza por el United Kingdom Kennel Club y en enero de 1979 se les otorgó, a estos dos perros, el ser distintas razas. Resistentes y buenos con los niños, los de Norfolk son animales de compañía ideales.

El Norfolk y el Norwich miden 25-26 cm (10 in) y los hay con todas las tonalidades de rojo, color trigo, negro con tostado o gris. No se admiten manchas o marcas blancas.

Derecha *El terrier de Norwich, sólo se diferencia del de Norfolk en sus orejas erguidas.*

EL BULL TERRIER

COMO CON LA MAYORÍA DE LAS RAZAS DE BULL, la gente parece o quererlos u odiarlos. Están los que consideran al Bull Terrier la criatura más fea que se pueda imaginar, otros lo encuentran terriblemente atractivo. Fueron criados para luchar y su instinto aún es lo suficientemente fuerte como para aceptar a todos los que vienen - y ganar. Por esto, no es realmente un perro para principiantes. No obstante, hay que decir que son animales fieles y leales, son dignos de confianza con los niños (especialmente la hembra), y que, siempre que sean disciplinados con firmeza y amabilidad, y se les tenga en el

ambiente adecuado - no en un apartamento - el dueño no debería tener problemas.

Cuando se ilegalizaron las luchas con toros, por el Parlamento en 1835, un grupo de aficionados (incluyendo a James Hinks de Birmingham, Inglaterra) estaban dispuestos a mantener la raza y mejorarla, manteniendo su gran fuerza y tenacidad. Esto se consiguió cruzando el Terrier Inglés blanco con el Bulldog y el Dálmata, produciendo así una nueva raza de Bull Terrier inglés. No fue hasta más tarde que apareció en escena el bull terrier atigrado.

El Bull Terrier no tiene un límite oficial en peso y altura, pero su estándar nos dice que tiene que existir una proporción según el tamaño del perro de acuerdo con la calidad y el sexo.

Los colores son blanco, negro, atigrado, rojo, color de cervato y tricolor.

Izquierda No hay tamaño oficial para el Bull Terrier. Este ejemplar es una miniatura.

Abajo *El Bull Terrier puede ser de varios colores incluyendo el blanco.*

CARACTERÍSTICAS

Carácter Descrito como el gladiador de la raza canina. Super animal de compañía para los aficionados, pero no para principiantes.
Ejercicio Es un perro activo que necesita mucho ejercicio.
Cuidados Cepillándolo y frotándolo mantendrá el manto en buena condición.
Alimentación Aproximadamente 11/2 latas (de 400 gr) de un producto cárnico de marca conocida, añadiendo galletas a partes iguales.
Longevidad Media.
Faltas Incluyen obstinación, y los ojos azules o en parte azules.

Variedades: arriba de izquierda a derecha, blanco y negro, en el centro de izquierda a derecha, rojo y color cervato, abajo de izquierda a derecha atigrado y tricolor.

EL BULL TERRIER DE STAFFORDSHIRE

Izquierda El Bulldog fue uno de los participantes en el apareamiento para obtener el Bull Terrier de Staffordshire durante el siglo XIX. Su contribución de patas cortas, pecho profundo, y una disposición amistosa hacia los humanos ha ayudado al «Staffy»a ganarse seguidores fieles.

EL POPULAR «STAFFY»tiene, como el Bull Terrier, su grupo de seguidores y es, ciertamente, un fiel animal de compañía en la casa, en el que se puede confiar para estar con los niños. No se puede, sin embargo, confiar siempre en él si hablamos de otros perros y puede encontrarse con que es embarazoso ir al final de la correa de un animal de compañía que va tirando para «probar»a sus compañeros. Una buena idea es llevarlo a clases de adiestramiento para perros cuando es un cachorro para que se acostumbre a los otros perros.

El Bull Terrier de Staffordshire es producto del apareamiento entre el Bulldog y el Terrier en el siglo XIX. Se cree que el compañero del Bulldog podría haber sido el viejo Terrier Inglés negro y tostado que precedió al Terrier de Manchester, una raza que fue reconocida por el United Kingdom Kennel Club desde los años treinta.

EL TERRIER DE STAFFORDSHIRE AMERICANO

El «Staffy»no es el mismo que el infame Pit Bull Terrier, cuyo nombre correcto es Terrier de Staffordshire americano. (Hubo un tiempo en que el American Kennel Club per-

CARACTERÍSTICAS

Carácter Valiente, inteligente, cariñoso. Es un super animal de compañía, maravilloso con los niños, pero le encantan las peleas.

Ejercicio Energía sin limite. Como el Bull Terrier, mejor en el campo en una situación controlada.

Cuidados Un cepillado y frotado mantendrá el manto brillante.

Alimentación De 1 a 1 1/2 latas (de 400 gr) de un producto cárnico de marca conocida, añadiendo galletas a partes iguales.

Longevidad Buena media.

Faltas Incluyen orejas redondas, caídas o erguidas.

mitía que el «Staffy»americano se exhibiera con el Bull Terrier de Staffordshire y que se cruzaran los dos.) El Pit Bull surgió en Inglaterra del apareamiento de Bulldog inglés con el Terrier Inglés, el resultado fue un perro mucho más pesado en general que el Bull de Staffordshire. Una vez llegó a Estados Unidos en 1870 pronto se conoció como el perro Pit, Pit Bull Terrier y Yanqui Terrier. He oído hablar de Pit Bulls tan inofensivos como corderos, pero la mayoría no lo son y no son recomendables como animales de compañía.

El Terrier de Staffordshire pesa 13-17 Kg. (28-38 lb) las hembras 11.15,5 Kg. (24-34 lb), y mide 11-15,5 cm (14-16 in) de alto, estas alturas tienen que estar relacionadas con los pesos. Los colores son rojo, cervato, blanco,negro o azul, o cualquiera de estos colores con blanco; y cualquier tono de atigrado o de atigrado con blanco. No compre un «staffy»que sea negro y tostado o color hígado si su intención es exhibirlo en una exposición, porque estos colores están considerados indeseables.

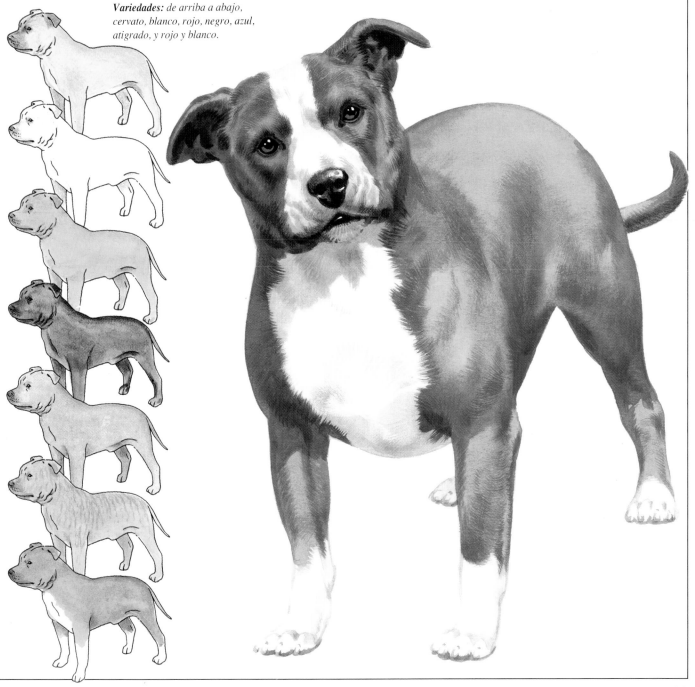

Variedades: de arriba a abajo, cervato, blanco, rojo, negro, azul, atigrado, y rojo y blanco.

EL WEST HIGHLAND WHITE TERRIER

EL POPULAR «Westie»es un escocés de pura cepa comparte antepasados con el Dandie Dinmont y el Cairn Terrier. A principios de siglo muchos terriers de estos, que fueron criados para cazar pequeños animales, se agruparon juntos, pero sabemos que ha finales del siglo XIX un tal coronel Malcolm de Poltalloch, tenía un linaje de Terriers Escoceses Blancos, conocidos como Terriers Poltalloch o Roseneath.

Un animal de compañía adaptable y alegre que vivirá en el interior o en una perrera fuera —pero prefiere compartir el lado de la chimenea— el «Westie»se ha hecho inmensamente popular y hay muchos ejemplares de mala calidad, por lo que vale la pena buscar un buen criador sí está pensando en comprar uno.

Mide aproximadamente 28 cm (11 in) de alto desde la cruz, y pesa 7-8,5 Kg. (15-18 lb), sólo lo hay de un color, blanco, por lo que no lo cruce, como hace mucha gente, con el Terrier Escocés Negro (el «Scottie»),que fue conocido cierto tiempo como Terrier de Aberdeen. El West Highland también es de espalda más corta, y tiene una cabeza más corta y orejas más pequeñas, que el Scottie. Sus ojos deberían ser oscuros y bien separados y sus orejas pequeñas y puntiagudas.

Arriba *a la derecha El Cairn Terrier comparte sus antepasados con el West Highland. No fue hasta el siglo XX que estas razas de pequeños Terriers fueron distinguidas entre si.*

Derecha *El Dandie Dinmont, originario de la frontera Inglaterra/Escocia, también está relacionado con el Cairn.*

CARACTERÍSTICAS

Carácter Animado, fuerte, adaptable y atractivo animal de compañía que se lleva bien con los niños y con los otros animales.

Ejercicio Nacido para cazar ratas entre otras cosas, este alegre Terrier se adaptará a la vida en la ciudad, pero asegúrese de que tenga el ejercicio que se merece.

Cuidados Peinado y cepillado a diario. No obstante, como el Airedale, necesita stripping a mano dos veces al año y un trabajo constante en su manto si se aspira a las exposiciones.

Alimentación Aproximadamente 1 lata (de 400 gr) de un producto cárnico de marca conocida, añadiendo galletas a partes iguales.

Longevidad Buena.

Faltas Incluyen una nariz proyectada hacia adelante, ojos

LOS SETTERS

Abajo El Setter de Gordon es negro con marcas tostadas. Sus antepasados incluyen probablemente al Bloohound y sangre de Collie.

LOS SETTERS SON EXCELENTES perros para la caza y son animales de compañía ideales. No son de ninguna manera perros guardianes, y lo que seguramente harían ¡sería persuadir a un ladrón que entrara a jugar con ellos en lugar de rechazar su entrada!.

A veces hay confusiones, sobre cual es cual, entre los Setters. De hecho, el Setter Irlandés (o rojo) es el más popular y, si he de ser franca, el más disperso, especialmente durante su juventud. Es ideal como animal de compañía, como perro cazador o en los establos en donde puede correr con los caballos. Fue un producto del cruce de los Spaniel de aguas irlandeses, Springer Spaniels, Setters Inglés y Gordon y del Pointer Español.

El Setter Irlandés empezó como un perro rojo y blanco y, ahora el Setter Irlandés y los Setters Blancos están intentando ser reconocidos como dos razas distintas.

El Setter Inglés, repito, es bueno con los niños y un perro cazador de primera clase, tiene marcas distintivas en blanco y negro, limón y blanco, hígado y blanco o tricolor, y está reconocido que evolucionó de los Spaniels, mientras que el Setter de Gordon que es negro como el carbón con marcas tostadas (descrito como el color de una castaña de indias madura) es el único perro de caza escocés nativo, criado en el castillo de Gordon, Banffshire, sede de los Duques de Richmond y Gordon y conocido originalmente como el Setter del castillo de Gordon. Al Collie y al Bloodhound se les atribuye su creación.

Variedades: izquierda de arriba a abajo, blanco y negro, hígado y blanco, limón y blanco, y tricolor: derecha de arriba a abajo, irlandés (rojo), rojo y blanco, Gordon.

CARACTERÍSTICAS

Carácter Hermoso, incansable, preparado para cazar. Bueno con los niños, caballos y otros animales.
Ejercicio Un animal exuberante al que sería cruel tener en un ambiente reducido.
Cuidados Cepillado diario con un cepillo rígido. También necesitará un peine metálico para evitar los enredones. Pregunte al criador si hay que hacerle un vaciado, trimming.
Alimentación Al menos 1 lata y _ (de 400 gr) de un producto cárnico de marca conocida, añadiendo galletas a partes iguales.
Longevidad Puede vivir bien pasados los diez.
Faltas Incluyen demasiada exuberancia (si quisiera considerarlo una falta).

No se le ve tan frecuentemente como a las variedades inglesa e irlandesa, el Gordon tiene posiblemente el carácter más equilibrado de los tres, siendo fácil de tratar, tranquilo y dócil. También es un cazador metódico.

Los Setters miden 65-68 cm (251/2-27 in) de altos, las hembras 61-65 cm (24-251/2 in)y, en común con el Labrador y el Golden Retriever, son una elección ideal para la familia que quiera combinar un buen perro cazador con un animal de compañía de primera clase. No obstante, necesitan mucha libertad, y no aguantan vivir confinados en un área reducida.

__Derecha__ El Setter Inglés es probablemente un descendiente de los Spaniels. Marcas negras y blancas son una de las variedades de colores aceptables de esta raza.

Setter Rojo Irlandés

EL WEIMARANER

CARACTERÍSTICAS

Carácter Buen carácter y resistencia. Excelente en obediencia y agilidad.
Ejercicio Un perro exuberante que necesita mucho ejercicio y una salida para su aguda inteligencia.
Cuidados Cepillado diario.
Alimentación De 11/2-21/2 latas (de 400 gr) de un producto cárnico de marca conocida, añadiendo galletas a partes iguales.
Longevidad Buena media.
Faltas Incluyen la posibilidad de que el perro puede ser más inteligente que su amo, con los consiguientes problemas.

APODADO EL FANTASMA DE PLATA, el Weimaraner ha sido tanto perro policía como perro guardián. Fue, de hecho, criado con el propósito de perro cazador en la corte de Weimar en Alemania al final del siglo XVIII, tuvieron algo que ver en su aparición el extinto St. Hubert Hounds, Bloodhounds y Pointers. Desde principios de los cincuenta ha ganado una tremenda popularidad tanto en Inglaterra como en América, donde los miembros de esta raza han brillado en las exposiciones de belleza y en las pruebas de obediencia. El Weimaraner también ha sido ampliamente buscado como animal de compañía, pero aquí pueden surgir problemas ya que, a pesar de ser un animal cariñoso, no es realmente un perro para principiantes y sin adiestramiento específico asumirá el control. Puede vivir en la ciudad siempre que haga suficiente ejercicio, pero ciertamente es mejor cuando su aguda inteligencia tiene alguna tarea satisfactoria que lo mantenga ocupado.

Abajo El Viszla Húngaro es una raza con unas cualidades excepcionales para el rastreo y el cobro, y también es un buen animal de compañía. Sus antepasados datan de la Edad Media.

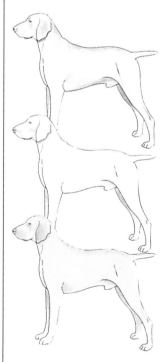

Variedades: de arriba a abajo, gris ratón, gris plata, y gris corzo.

El Weimaraner es un perro de buena talla que mide 61-69 cm (24-27 in) desde la cruz, las hembras 56-64 cm (22-25 in), y es generalmente - y preferiblemente - de un distintivo color gris plata, se permiten matices en gris corzo y ratón, yendo hacia un matiz más claro en la cabeza y las orejas. A veces una línea como una anguila aparece a lo largo de la espalda.

Derecha *El Weimaraner tiene buen carácter, pero es muy inteligente y necesita adiestramiento por expertos.*

El Water Spaniel: Irlandés y Americano.

Variedades: de izquierda a derecha, hígado y chocolate.

El Water Spaniel Irlandés

Un animal de aspecto encantador, el Spaniel de aguas irlandés es un perro de aguas de primera clase, hábil con las aves y adiestrable como perro de caza en general. No obstante, necesita ser adiestrado en obediencia desde una edad temprana y ser enseñado a relacionarse con otros animales. No por esto deja de ser cariñoso y es un buen animal de compañía. También, como perro guardián es mejor que la mayoría de los perros de caza.

Como el Caniche, que también empezó como cobrador en el agua, el Spaniel de aguas irlandés, evolucionó hacia finales del siglo XIX en Irlanda de varias razas de spaniels.

El Spaniel de aguas americano, quien sinceramente es más Spaniel en apariencia, pero tiene las mismas cualidades que el irlandés, se cree que surgió del cruce del perro de aguas irlandés con, como parece que podría ser, un Spaniel más pequeño o con el Curly Coated Retriever o cobrador de pelo rizado. Algunas veces se le llama Boykin Spaniel y viene de uno de los pioneros de la raza.

El perro de aguas irlandés mide 53-58 cm (21-23 in), las hembras 51-56 cm (20-22 in) y sólo tiene un color: hígado, oscuro y rico con un tinte purpúreo o reflejo que es peculiar de esta raza y algunas veces se refieren a el como hígado-rojizo.

El Spaniel de aguas americano mide 38-46 cm (15-18 in) y puede ser de color hígado sólido o de color chocolate oscuro, posiblemente con blanco en los pies o en el pecho.

CARACTERÍSTICAS

Carácter Fidelidad, resistencia, perro de aguas de primera clase. Buen perro de compañía, pero puede ser difícil con los extraños.
Ejercicio Necesita mucho. No es una elección ideal para un ambiente restringido.
Cuidados Cepillado regular. Si no lo hace su manto se enredará. Algún stripping o vaciado.
Alimentación Aproximadamente de 1-1_ latas (de 400 gr) de un producto cárnico de marca conocida, añadiendo galletas a partes iguales.
Longevidad Buena.
Faltas Incluyen tendencia a pelearse con otros perros.

Arriba Este Spaniel de aguas irlandés es de color hígado. Su manto rizado necesita cuidados regulares.

Izquierda Aunque clasificados como razas separada, la única diferencia obvia entre estos cobradores de manto rizado y de manto liso es su manto. El de manto rizado también es ligeramente de constitución más pesada.

EL GOLDEN RETRIEVER

EL HERMOSO Golden Retriever es amable y de toda confianza con los niños. Se le puede tener fuera en una perrera, pero prefiere mucho más estar dentro de casa como uno más de la familia. Como el Labrador Retriever, es un perro bueno para todo que combina idealmente el papel de perro de caza del dueño con el de animal de compañía de la familia. Trabaja bien en obediencia y, siendo fácil de adiestrar, es popular como perro guía para los ciegos.

Se acepta generalmente que el Golden Retriever evolucionó de una camada de cachorros de Retrievers cruzados con Spaniels nacidos en la finca escocesa de Lord Tweedmouth en 1860. Sin embargo persiste el rumor de que sus antepasados reales fueron un grupo de perros pastores rusos artistas y que el Lord vió actuando en un circo en Brighton, Sussex.

La historia cuenta, que Lord Tweedmouth se quedó tan impresionado con los perros, que compró todo el grupo, y le añadió sangre de Bloodhound para mejorar su «nariz».

El Golden Retriever mide 56-61 cm (22-24 in) desde la cruz, las hembras 51-56 cm (20-22 in),y es de tonalidades doradas o crema. Sólo se permiten unos cuantos pelos blancos en el pecho.

Variedades: *de izquierda a derecha, dorado claro, crema y dorado oscuro.*

Izquierda *El cobrador de la bahía Chesapeake se cree que es un descendiente de cobradores de pelo liso y rizado y de terranova. Tiene los pies palmeados y un manto grueso y aceitoso y es un nadador excelente.*

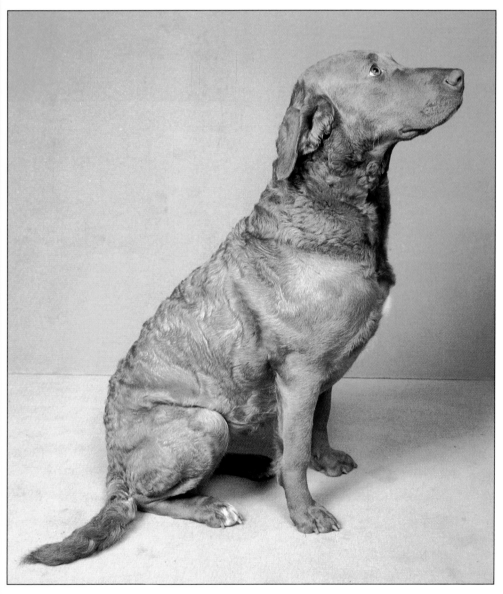

Arriba El Golden Retriever combina las cualidades de perro de caza con las de animal de compañía en familia.

CARACTERÍSTICAS

Carácter Expresión amable de acuerdo con su temperamento. Buen perro para todo en la caza y animal de compañía.

Ejercicio Se necesita mucho ejercicio para mantener a este perro en plena forma, contento y con buena figura.

Cuidados Cepillado regular.

Alimentación Al menos 1 lata y 1/2 (de 400 gr) de un producto cárnico de marca conocida, añadiendo galletas a partes iguales.

Longevidad Buena media.

Faltas Los corvejones torcidos son altamente indeseables.

EL LABRADOR RETRIEVER

CARACTERÍSTICAS

Carácter De buen carácter, excelente compañero y buen perro de caza. Adaptable, fiel y amable con los niños.
Ejercicio Necesita mucho. Tiene tendencia a engordar si no have suficiente ejercicio o come demasiado.
Cuidados Cepillado regular.
Alimentación De 11/2 a 21/2 latas (de 400 gr) de un producto cárnico de marca conocida, añadiendo galletas a partes iguales.
Longevidad Buena media.
Faltas Corvejones parecidos a los de vaca son altamente indeseables.

Variedades: de izquierda a derecha negro, amarillo y hígado/chocolate.

EL LABRADOR RETRIEVER es confundido a menudo con el Golden Retriever. Es un error normal ya que los dos son cobradores de color parecido. Sin embargo el Labrador tiene un manto corto, y denso sin ondas o plumón, a diferencia del Golden, que tiene un manto liso u ondulado con un buen plumón. Piense en términos de «golden largo» y «labrador corto».

El Labrador es un perro extremadamente popular y con

justificación ya que es un excelente perro de caza y un buen animal de compañía. Es en cierta manera exuberante en la adolescencia, pero pronto se centra y es extremadamente adaptable. No obstante, es importante que reciba suficiente ejercicio. Hay muchísimos Labradores demasiado gordos —especialmente hembras castradas a las que se les da demasiada comida y se las lleva a ejercitarse muy de vez en cuando—.

AMIGO DEL PESCADOR

El Labrador Retriever viene de Terranova en donde tenía como tarea original ayudar a llevar a tierra las redes de los pescadores, aún tiene una gran habilidad para nadar. Ciertamente no ha existido en su forma presente desde 1.830, sino desde mucho antes. Sus papeles hoy en día incluyen trabajar para la policía, olfateando drogas y explosivos, y hacer de perro guía para los ciegos.

El Labrador Retriever mide 56-57 cm (22-221/2 in), las hembras 54-56 cm (211/2 in), y puede ser completamente negro, amarillo, o hígado/chocolate. Los amarillos van desde el crema claro al rojo zorro. Los negros y amarillos son los más populares, los amarillos son más abundantes actualmente que los negros de los cuales dicen algunos que son mejores perros de caza.

Arriba El Retriever de pelo liso puede distinguirse por su manto más largo, que a menudo es ondulado, y el plumón en sus piernas y cola.

Izquierda El Labrador Retriever tiene un manto denso y liso. Los más comunes son los amarillos y negros, pero también lo hay en marrón chocolate.

EL COCKER SPANIEL

Izquierda El Cocker Spaniel americano, mostrando su manto ligeramente ondulado y sus distintivos pantalones característicos de la raza.

Variedades: *de izquierda a derecha, dorado, negro, rojo, rojo y blanco, negro y blanco, y azul.*

CARACTERÍSTICAS

Carácter El «alegre Cocker»tiene la cola siempre en movimiento, es hermoso, inteligente, obediente y un animal de compañía de primera clase.

Ejercicio Criado originalmente para la caza, el Cocker necesita mucho ejercicio, ya que, por su amor a la comida, corre el peligro de perder la figura.

Cuidados Cepillado y peinado diario para evitar los enredones. Cuidado con meter las orejas en el cuenco de la comida. Muchos propietarios las recogen con una pinza a la hora de comer.

Alimentación De 1-11/2 latas (de 400 gr) de producto cárnico de marca conocida, añadiendo galletas a partes iguales.

Longevidad Puede vivir hasta bien pasados los diez.

Faltas Incluyen pómulos prominentes.

VILLAR, UNA AUTORIDAD en Cocker Spaniel, una vez escribió esta sensata valoración: «No hay un perro más complaciente, ni tampoco uno más cariñoso y alegre que el Cocker. Su bien desarrollada psicología lo hace extremadamente interesante. Las cualidades de inteligencia, bondad y astucia están ligadas en su interior. Obedece no por servilismo sino porque comparte las ideas con su amo, del que es capaz de adivinar la más ligera intención. Es muy fiel, y también un perro guardián excelente, cauto con cualquier ruido sospechoso, y si es necesario, confrontará al intruso con valentía».

El Cocker, conocido en América como el Cocker Inglés, surgió en España y puede trazar a sus antepasados hasta, al menos, el siglo XIV. Se le ha usado en cetrería y, mientras que su tarea generalmente consiste en levantar a las aves, también cobrará. Es un amable perro de familia y,es discutible, uno de los más hermosos como cachorro. Responde a un adiestramiento firme pero amable desde muy pequeño, y es un trabajador entusiasta. Hubo algunos problemas de temperamento con los dorados hace algunos años, pero tenemos la esperanza de que actualmente han sido erradicados.

Arriba *El Spaniel Springer Inglés es uno de los Spaniels más grandes. Su nombre viene del hecho de que solía usarse para levantar las aves o hacerlas «saltar».*

El Cocker mide 39-41 cm (151/2-16 in), las hembras 38-39 cm (15-151/2 in). Y pesa aproximadamente 12,7-14,5 Kg. (28-32 lb). Hay en varios colores, pero en los que son completamente de un color no se permite el blanco excepto en el pecho.

El Cocker americano es más pequeño que el inglés y tiene un manto sedoso, liso o ligeramente ondulado y los distintivos pantalones. Fue criado en Inglaterra, pero desarrollado en los Estados Unidos donde es inmensamente popular, el Cocker americano también es un excelente perro de caza y animal de compañía y, es discutible, un animal mejor para las exposiciones que el Cocker Spaniel. El Cocker Americano mide 36-39 cm (14-15 in), las hembras 34-36 cm (13-14 in), y pesa alrededor de 12 Kg. (261/2 lb). Hay en varios colores. Es más pequeño que otros perros de caza, y actualmente se le suele tener en general como animal de compañía.

EL FOXHOUND

Variedades: *de arriba a abajo, negro cervato y blanco, cervato y blanco, tostado y blanco, y rojo negro y blanco.*

Izquierda *Los colores típicos negro, tostado y blanco del foxhound inglés.*

CON TODO LO ATRACTIVO QUE PUEDA SER, el Foxhound no es adecuado como animal de compañía doméstico. A los Foxhounds no se les exhibe en Inglaterra en las exposiciones excepto en una exposición especial para sabuesos. Es, sin embargo, un contendiente en las exposiciones en América.

Los Foxhounds son invariablemente de una jauría para cazar zorros y se les describe en parejas, por ejemplo, »cincuenta pares de sabuesos«, y lo más que se acercan a un ambiente doméstico es cuando son cachorros, cuando pueden ser «paseados a lo cachorro»por un miembro del público.

El Foxhound es un descendiente del más antiguo y más pesado St. Hubert Hound, que fue llevado a Inglaterra por el normando Guillermo el Conquistador y de otro Hound extinguido, el Talbot. Los Hounds St. Hubert, o Hubertus, tomaron su nombre del santo patrón de los cazadores, asociado en la leyenda con un obispo, del siglo VIII, de Lieja en Bélgica.

El Foxhound Americano evolucionó de un grupo de Foxhounds llevados a América por Robert Brooke en 1650. También se acredita a George Washington con la

CARACTERÍSTICAS

Carácter Atractivo, cazador ruidoso que no encaja en un ambiente doméstico.
Ejercicio Es un cazador - está todo dicho.
Cuidados Arreglarlo con guante.
Alimentación A los Foxhounds no se les cría con comida de animal de compañía doméstico sino que se les da carne de caballo y una mezcla de harina de avena conocida como «pudding».
Longevidad Buena media.
Faltas Incluyen la cola hacia delante por encima de la espalda.

importación de Foxhounds desde Gran Bretaña y algunos buenos ejemplares de Francia en 1.785. Podemos ver el resultado de los cruces de estos Hounds ingleses y franceses en el Foxhound americano actual.

Estos sabuesos miden 58,5 cm (23 in), las hembras un poco menos. No hay ningún color que se describa como malo para un Foxhound.

EL BEAGLE

Variedades: *de izquierda a derecha, tostado y blanco, tostado gris y blanco, marrón y blanco, y cervato y blanco.*

CARACTERÍSTICAS

Carácter Alegre, encantador, un perrito travieso que probablemente no debería tenerse como animal de compañía, pero se tiene a menudo.
Ejercicio le divierte.
Cuidados Su manto requiere poco o ningún cuidado.
Alimentación De 1-11/2 latas (de 400 gr) de un producto cárnico de marca conocida, añadiendo galletas a partes iguales.
Longevidad Puede vivir hasta bien pasados los diez.
Faltas Incluyen destructividad, desobediencia y puede escaparse.

EL BEAGLE es un atractivo perrito, con tendencia a vagabundear, de acuerdo con su instinto de sabueso. No es el más obediente de los perros. Puede ser ruidoso y un poco molesto, pero no por eso deja de ser encantador y mientras que mucha gente dirá que el lugar adecuado para un Beagle es una jauría de Beagles, yo puedo pensar en más de uno que ha sido un fiel animal de compañía en una casa durante 14 años o más. Son buenos con los niños, y normalmente muy sanos - ¡es una gran diversión pasear con él!.

Los Beagles son una raza antigua, de la que se escribe al menos desde finales del siglo XV. Han cazado liebres durante siglos, pero se han usado contra varios animales en diferentes países del mundo: cerdos salvajes en Ceilán, ciervos en Escandinavia, y chacales en Sudan. Realizarán el cobro, y en los Estados Unidos cazan por el olor en Field Trials o pruebas de campo.

Miden un mínimo de 33 cm (13 in), y un máximo de 40 cm (16 in), desde la cruz, el elegante y pequeño Beagle puede ser de cualquier color reconocido de Hound o sabueso excepto el blanco, pero la popa por arriba tiene que ser blanca.

WOLFHOUND IRLANDÉS

CARACTERÍSTICAS

Carácter Un amable gigante, bueno con los niños.
Ejercicio Sorprendentemente no necesita más que un ejercicio medio, pero necesita espacio para estirarse.
Cuidados Cepillado, y plucking alguna vez. A los exhibidores les gusta «al natural» esta raza majestuosa.
Alimentación Al menos 21/2 latas (de 400 gr) de un producto cárnico de marca conocida, añadiendo galletas a partes iguales. Esta raza necesita almacenar comida en su adolescencia, pídale al criador un esquema con la dieta.
Longevidad Moderada a media.
Faltas Puede ser fiero si se le provoca.

Variedades: arriba de izquierda a derecha, color de trigo, gris metalizado, negro, y cervato, abajo de izquierda a derecha, gris, blanco, rojo y atigrado.

A PESAR DEL AVISO de que el Wolfhound Irlandés puede ser fiero, el perro es generalmente un amable gigante, al que mucha gente declara como su favorito y les encantaría tener si no fuera por su tamaño y por lo que cuesta alimentarlo.

Perro nacional de Irlanda, de quien los irlandeses están naturalmente orgullosos, este Wolfhound fue criado originalmente como cazador de lobos y se cree que llegó del continente con los invasores celtas en el siglo III a.C..

Pocos pueden contar sin una lágrima la historia de Gelert el Wolfhound irlandés, presentado como regalo a Llewellyn ap Iorwerth, Príncipe de Gales, por el rey John a principios del 1.200. Un día Llewellyn salió a cazar dejando a Gelert cuidando a su hijo. Cuando volvió se dió cuenta de que el morro del perro estaba cubierto de sangre y no vio señales de su hijo. Impulsivamente, creyendo que el perro había matado a su hijo, lo mató con su espada - entonces oyó un lloro y encontró allí al lado no solo a su hijo en perfectas condiciones, sino también el cuerpo de un lobo. Llewellyn hizo erigir una estatua en memoria de Gelert el Wolfhound irlandés.

El Wolfhound irlandés tiene una altura mínima de 79 cm (31 in), las hembras 71 cm (28 in), sus colores reconocidos son gris, atigrado, rojo, negro, blanco puro, cervato, color de trigo y gris metalizado.

EL BLOODHOUND

A PESAR DE SU ASOCIACIÓN con las historias de detectives y de su gran capacidad de marcha, el Bloodhound es un animal extraordinariamente amable y cariñoso, que adora a los niños. Es un animal de compañía excelente siempre que se tenga el suficiente espacio para acomodarlo y vecinos que no sean contrarios al sonido de su voz, que puede ser un poco desconcertante.

A pesar de ser un buen perro vigilante, el Bloodhound no es un guardián, y su instinto es seguir el olor y encontrar al animal, no atacar. Por supuesto necesita mucho ejercicio y se recomienda a los propietarios de estos perros que se hagan miembros de un club de Bloodhound que organice actos. Además de buscar con su olfato, los Bloohounds atraen mucho público en las exposiciones.

Una de las razas más antiguas y más puras de Hounds o sabuesos, se cree que el Bloodhound se originó en el área del Mediterráneo, posiblemente en Grecia o Italia, antes de la era cristiana. Fue llevado a Inglaterra por Guillermo el Conquistador en 1.066 y allí se desarrollo el tipo moderno.

El Bloodhound mide 66 cm (26 in), las hembras 61 cm (24 in), y pueden ser negros y tostados, hígado y tostado (rojo y tostado) y rojo, a veces con alguna manchita blanca. Se permite una pequeña cantidad de blanco en el pecho, pies y la punta de la cola.

Arriba *El Bloodhound tiene una habilidad formidable rastreando, y necesita mucho ejercicio.*

CARACTERÍSTICAS

Carácter Rastreador superlativo, bueno con los niños y buen animal de compañía, si se tiene el suficiente espacio para acomodarlo.
Ejercicio Mucho.
Cuidados Use un guante a diario.
Alimentación Alrededor de 2-21/2 latas (de 400 gr) de un producto cárnico de marca conocida, añadiendo galletas a partes iguales.
Longevidad Media.
Faltas Tendencia a la torsión —el estómago se llena de gases—. Tiene que estar atento, y llamar al veterinario inmediatamente si el sabueso está incómodo.

Arriba El Otterhound es probablemente un descendiente del Bloodhound cruzado con

Terriers y Grifones. Como el Bloodhound, tiene un olfato excelente, y también es bueno con los niños.

Variedades: de arriba a abajo, negro y tostado, hígado, y rojo.

EL BASENJI

EL BASENJI es una elección deliciosa como animal de compañía. No huele y es limpio, no ladra, solo emite una especie de sonido suave y bajo como un gruñido, y es leal, amable y cariñoso. Es bueno con los niños.

El Basenji tiene muchos rasgos atractivos. Se lava a si mismo como un gato, por ejemplo, y tiene una frente llena de lo que parecen arrugas de «preocupación».

Es una raza antigua, perros de tipo Basenji están repre-

CARACTERÍSTICAS

Carácter Amable, sin olor, bueno con los caballos, amistoso con los niños.
Ejercicio A pesar de ser un perro que debería vivir en el interior, con su amo —y no en una perrera exterior— el Basenji fue criado como cazador, y disfruta en los espacios abiertos.
Cuidados Use un guante.
Alimentación Alrededor de 1 lata y _ (de 400 gr) de un producto cárnico de marca conocida, añadiendo galletas a partes iguales.
Longevidad Media.
Faltas Incluyen que le desagrada la lluvia, y el fenómeno de ponerse en celo una vez al año.

Variedades: de izquierda a derecha, rojo y blanco, tostado y blanco, negro y blanco, y negro.

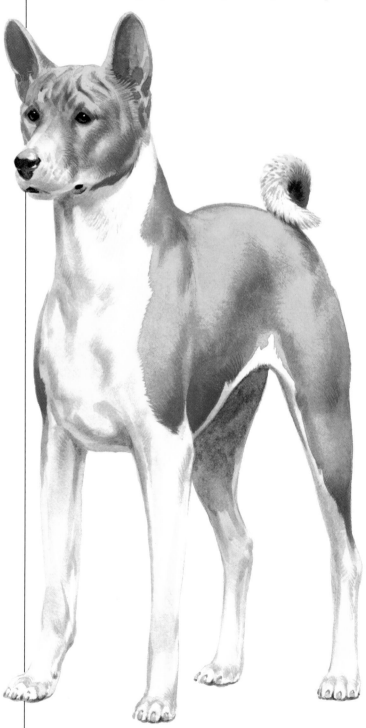

sentados en estatuas o tallas en las tumbas de los faraones, y se cree que este tipo de perros eran presentados como tributo por los viajeros del Alto Nilo.

La raza casi había desaparecido hasta mediados del siglo XIX cuando fue descubierta por exploradores en el sur del Sudán y del Congo. La mayoría de los linajes actuales han sido importados del Sudán, y también de Liberia en Africa occidental. Existe el rumor de que el Basenji también se puede encontrar en la selva malaya y en el norte de Katmandú.

La altura ideal del Basenji es 43 cm (17 in) desde la cruz, y la de las hembras 40 cm (16 in), y es de color blanco y negro puros, rojo y blanco, negro, tostado y blanco y tostado y blanco con pepitas de melón color tostado y máscara. El blanco debería estar en los pies, pecho y punta de la cola. Patas blancas, estrella y collar blancos son opcionales.

EL GALGO AFGANO

CARACTERÍSTICAS

Carácter Hermoso, leal, generalmente bueno con los niños pero con momentos malos. Es mejor no molestarlo o gastarle bromas.
Ejercicio Necesita mucho, especialmente correr libremente. Las carreras de Afganos se están convirtiendo en un deporte popular.
Cuidados Un cepillo de cerda natural tipo Mason Pearson es ideal. No se debe olvidar el cepillado diario.
Alimentación De 11/2-21/2 latas (de 400 gr) de un producto cárnico de marca conocida, añadiendo galletas a partes iguales.
Longevidad Buena media.
Faltas Posible mal carácter durante su adolescencia.

EL LEBREL AFGANO disfruta de una inmensa popularidad y atrae gran cantidad de público en las pruebas de exhibición. Es un animal leal y cariñoso, que necesita un trato firme aunque amable sino quiere que intente dominar; al mismo tiempo debe de entenderse que este perro no res-

ponde a intimidaciones. En otras palabras, deje que el perro sepa que lo quiere, pero manténgase en su posición de jefe.

El Afgano es una raza antigua y a menudo se cuenta la historia de que fue uno de los animales elegidos para ser llevados en el Arca de Noé.

Se creyó durante cierto tiempo que un papiro descubierto en el Sinaí fechado alrededor del 3.000 a.C. describía un antepasado del Afgano. En cualquier caso, este perro tipo Greyhound o Lebrel llegó a Afganistán, donde desarrollo su largo y lanudo manto para protegerse contra las condiciones climáticas.

El Galgo Afgano mide 68-74 cm (27-29 in), las hembras 63-69 cm (25-27 in) y pueden ser de cualquier color.

Variedades: arriba de izquierda a derecha, cervato, marrón, crema, y tostado y cervato.

EL DACHSHUND

EL DACHSHUND tiene dos tamaños, estándar y miniatura, y tres mantos distintos, liso, largo y duro. También se le llama ampliamente Teckel y como un Dackel, Dacksel y Tejonero («dachs»quiere decir tejón en alemán), esta última descripción es más apropiada ya que se le crió para cazar tejones en su Alemania natal. Lo que se quería era un cazador con patas cortas, con un agudo olfato, valiente y con capacidad para hacer madrigueras. El Dachshund es famoso ahora por hacer buen uso de esta habilidad en ¡el jardín de su amo!.

El Dachshund es un excelente animal de compañía, es muy cariñoso y en general le gustan los niños. No obstante, puede ser un poco agresivo hacia los extraños y es un buen vigilante. También tiene un ladrido muy fuerte para su tamaño - un verdadero perro guardián en miniatura. Quizás lo único malo que tiene esta raza es la tendencia a tener problemas de disco, si se le permite al perro saltar para subir y bajar de las sillas, y el sobrepeso.

Izquierda El Dachshund de pelo áspero que se creó cruzando el de pelo liso con el Dandie Dinmont.

Abajo El de pelo largo, que se creó cruzando con el Spaniel y con una raza alemana llamada Stoberhund.

Los Dachshunds han existido como tales al menos desde el siglo XVI, habiendo evolucionado de las razas más antiguas de perros de caza alemanes, incluyendo el Bibarhund. El de pelo liso era el único cuando se creó el Club Alemán del Duchshund en 1.888.Las patas arrugadas eran entonces una caráctrística de la raza, pero ahora y a través de la crianza ya casi no tiene. El de pelo áspero fue diseñado cruzando el Dandie Dinmont y otros Terriers, y el de pelo largo cruzando el dachshund de pelo liso con el Spaniel y un perro de caza obsoleto alemán llamado Stoberhund.

Se permiten todos los colores excepto en los moteados que deberían estar marcados por todas partes por igual —no se permite el blanco, guárdelo para una pequeña mancha en el pecho que es considerada bastante indeseable. Negro y tostado, y rojo son los colores más populares.

Los pesos ideales son: estándar 9-12 Kg. (20-26 lb); miniaturas 4,5 Kg. (10 lb).

CARACTERÍSTICAS

Carácter Inteligente, vivo, valiente, obediente y cariñoso.
Ejercicio Poco, paseos frecuentes le ayudan a preservar la figura.
Cuidados Use un guante y luego cepíllelo con un cepillo suave. Para los otros dos tipos, los de pelo largo y áspero se necesitan un peine y un cepillo de cerda dura.
Alimentación Alrededor de 1/2 lata (de 400 gr) de un producto cárnico de marca conocida, para el miniatura, 3/4-1 lata máximo para el estándar, añadiendo galletas a partes iguales.
Longevidad Algunos viven hasta bien pasados los diez.
Faltas Demasiado pelo en los pies y dedo posterior en las patas.

Variedades: de izquierda a derecha, negro y cervato, rojo, marrón, y castor.

Dachshund: de pelo liso.

EL GREYHOUND

EL GALGO INGLÉS DE PELO CORTO es una raza pura que no parece haber cambiado mucho desde los tiempos del antiguo Egipto, si nos fiamos de las antiguas pinturas y esculturas. Fue de las primeras razas en ser adiestradas para cazar. En tiempos más recientes tenía un alto valor entre la nobleza europea.

A pesar de que los Greyhounds son criados como animales de compañía y para las exposiciones, uno tiende a pensar en ellos sobre todo como corredores. Tristemente, cuando su vida en las carreras ha terminado, o si termina

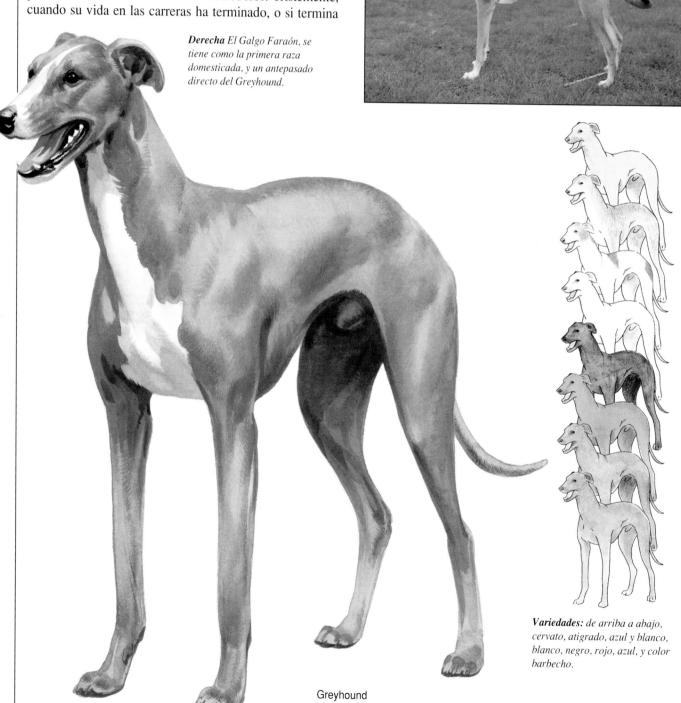

Derecha *El Galgo Faraón, se tiene como la primera raza domesticada, y un antepasado directo del Greyhound.*

Variedades: *de arriba a abajo, cervato, atigrado, azul y blanco, blanco, negro, rojo, azul, y color barbecho.*

Greyhound

Izquierda El Saluki es otro Galgo antiguo. Como el Faraón Hound y el Greyhound, caza con la vista en lugar de con el olfato. Es inteligente y cuidadoso.

Abajo Los Greyhounds retirados de las carreras son excelentes animales de compañía. Una vez ya no tienen que entrenar no necesitan mucho ejercicio.

CARACTERÍSTICAS

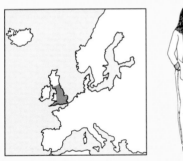

Carácter Tiene una fuerza y resistencia remarcables, y es un animal adaptable y cariñoso que será un animal de compañía leal y amable.

Ejercicio Normal,es suficiente con paseos regulares, pero no deje nunca a un Greyhound sin correa (especialmente a un ex-corredor) en un lugar público o donde hay animales de granja. Los ex-corredores necesitan «desentrenarse»o sino cazaran todo aquello que se mueva.

Cuidados Usar el guante todos los días.

Alimentación De 11/2-21/2 latas (de 400 gr) de un producto cárnico de marca conocida, añadiendo galletas a partes iguales. Los Greyhounds están acostumbrados a comidas más irregulares que las otras razas, y les encanta una rodaja de pan integral en su leche del desayuno y otro cuenco de leche con algunas galletas a la hora de irse a la cama. La mayoría de las razas disfrutan con unas galletas a la hora de irse a la cama, como si fuera un regalo.

Longevidad Pueden vivir como animales de compañía hasta una edad avanzada.

Faltas Incluyen una posible tendencia al reumatismo y a la artritis.

prematuramente, esta raza, de las más dóciles, termina a menudo en el laboratorio del veterinario o al menos necesitando que se le encuentre una casa. Teniendo en cuenta que tras un periodo de «desadiestramiento»son animales de compañía excelentes, y a pesar de su tamaño, no ocupan demasiado espacio en la casa, ya que prefieren estar en un cómodo sillón en un rincón, vale la pena tenerlos en cuenta si lo que quiere es un perro grande.

Los Greyhounds son negros, blancos, rojos, azules, cervato, color barbecho, atigrados, o en cualquiera de estos colores rotos por el blanco. No hay un peso estándar, pero su altura ideal es de 71-76 cm (28-30 in), las hembras 68-71 cm (27-28 in).

Si está interesado en darle un hogar a un Galgo «retirado»y no está pensando en las exposiciones, sería una buena idea que preguntara en el club de carreras de Galgos más cercano a su casa.

ÍNDICE

CRÉDITOS

CLAVE
A=ARRIBA
B=ABAJO
C=CENTRO
I=IZQUIERDA
D=DERECHA

p.2: Marc Henrie. p.6: Marc Henrie. p.7: Marc Henrie. p.8: C.M. Dixon. p.9: Solitaire Photographic. p.10: A. Anne Marie Bazalik; B. Australian Overseas Information Service, Londres. P.12: C.M. Dixon. P.13: Marc Henrie. P.14: C.M. Dixon. P.15: E.T. Archive. P.16: Marc Henrie. P.17: Marc Henrie. P.18: Marc Henrie. P.19: A. Marc Henrie; B. Marc Henrie. P.21: Quarto Publishing plc. P.23: Marc Henrie. P.24: I. Ardea, Londres; D. Norvia Behling. P.25: Norvia Behling. P.26: I. Marc Henrie; D. Marc Henrie. P.27: I. Marc Henrie; D. Paul Forester. P.28-29: Solitaire Photographic. P.30: Marc Henrie. P.31: Wood Green Animal Shelters. P.32: Solitaire Photographic. P.33: Marc Henrie. P.37: Norvia Behling. P.39: Marc Henrie. P.40: A. Solitaire Photographic; B. Marc Henrie. P.41: Solitaire Photographic. P.44: I. Norvia Behling; D. Marc Henrie. P.45: J.S. Library International. P.46: Anne Marie Bazalik. P.47: C.M. Dixon; B. Kent & Donna Dannen. P.48: Norvia Behling. P.49: A. Kent & Donna Dannen; B. Marc Henrie. P.50: I. Marc Henrie; D. Kent & Donna Dannen. P.51: A. Marc Henrie; B. Solitaire Photographic. P.52: Marc Henrie. P.53: Solitaire Photographic. P.57 Anne Marie Bazalik. P.58: Solitaire Photographic. P.59: I. Marc Henrie; D. Marc Henrie. P.60: A. Marc Henrie; B. Marc Henrie. P.61: Marc Henrie. P.62: Agnes Leith. P.63: David C. Bitters. P.64: I. Marc Henrie; D. Ronald R. Domb. P.65: A. Marc Henrie; B. Marc Henrie. P.66: A. Marc Henrie; B. Solitaire Photographic. P.67: A. Solitaire Photographic; B. Brian A. Lewis. P.68: A. Solitaire Photographic; B. Solitaire Photographic. P.69: A. Marc Henrie; B. Marc Henrie. P.70: Solitaire Photographic (T&C). p.71: Marc Henrie (T&C). p.73: A. Solitaire Photographic; B. Anne Marie Bazalik. P.76: Marc Henrie. P.77: Solitaire Photographic. P.80: I. Marc Henrie; D. Solitaire Photographic. P.81: Marc Henrie. P.83: A. Marc Henrie; B. A.E.Linscott. p.85: I. Marc Henrie; D. Solitaire Photographic. P.86: A. Marc Henrie; B. Marc Henrie. P.89: A. Marc Henrie; B. Solitaire Photographic. P.90: Marc Henrie. P.91: Marc Henrie. P.92: A. Marc Henrie; B. Kent & Donna Dannen. P.93: Kent & Donna Dannen. P.95: A. Marc Henrie; B. Julie O´Neil-Photo/Nats. P.96: A. Marc Henrie; B. Anne Marie Bazalik. P.97: Marc Henrie. P.102: A. Julie O´Neil-Photo/Nats; B. Marc Henrie. P.104: A. David M. Stone-Photo/Nats; B. Marc Henrie. P.105: Solitaire Photographic. P.106: I. Solitaire Photographic; D. Marc Henrie. P.111: A. Solitaire Photographic; B. Solitaire Photographic. P.114: Marc Henrie. P.115: Solitaire Photographic. P.117: A. Marc Henrie; B. Marc Henrie. P.118: Marc Henrie. P.119: Marc Henrie. P.121: Anne Marie Bazalik. P.122: A. Marc Henrie; B. Marc Henrie. P.124: Marc Henrie. P.125: Marc Henrie. P.126: Marc Henrie. P.127: Solitaire Photographic. P.128: Marc Henrie. P.131: A. Marc Henrie; B. Marc Henrie. P.132: Marc Henrie. P.133: Solitaire Photographic. P.134: Marc Henrie. P.135: Marc Henrie. P.137: Solitaire Photographic. P.138: Solitaire Photographic. P.139: Anne Marie Bazalik. P.141: A. Solitaire Photographic; B. Marc Henrie. p.142: Marc Henrie. P.143: Marc Henrie. P.144-145: Solitaire y Marc Henrie. P.148: A. Marc Henrie; B. Marc Henrie. P.152: A. Marc Henrie; B. Marc Henrie. P.154: Marc Henrie. P.155: I. Spectrum Colour Library; D. Marc Henrie.

Quarto extiende su especial agradecimiento a Pet World, Bromley Road, Londres, por prestarnos el equipo que se ha usado en algunas de las fotografías.